～〜

Malte Borsdorf
Flutgebiet
Roman

müry salzmann

I

1

Das Fahrrad war ein Geschenk des Vaters. Zum Geburtstag und zu Weihnachten und unter der Bedingung, dass er ihm das Essen brachte, mittags zur Arbeit.

Im Hafen fragte er sich durch, hielt sich an die Speicher und Schiffe, bei denen der Vater meistens arbeitete.

Die Arbeiter kannten Karl. Manche nannten ihn „Henkelmännchen", da sie ihn schon oft gesehen hatten, mit dem Kochgeschirr.

„Schickes Rad. Nimmst du mich mal mit?", rief meist jemand, „bringst du uns jetzt immer das Essen?"

Und wenn er nach dem Vater fragte, schüttelten die Arbeiter den Kopf. Heinrich sei hier nicht, sagten sie, aber das Essen könne Karl gerne hier lassen.

„Ich passe darauf auf", sagte jemand.

2

Karl hatte Schwierigkeiten, sich auf dem Rad zu halten, da ihn der Wind beinahe vom Sattel wehte. Wie mochte der Vater bei diesem Wetter arbeiten? Er stellte sich vor, wie er dünn und mit hängenden Schultern zwischen seinen Kollegen stand, schuftete und wie ihm die Regentropfen auf den kahlen Kopf pladderten. Die Haare hatte der Vater im Krieg verloren.

Karl zurrte die Jacke enger um sich. Er fühlte sich darin wie in einem Gehäuse. Seine Gedanken drifteten ab. Der Krieg. Er wusste nicht, was das war. Der Krieg schwebte über allem. Wenn es hieß, dass jemand gestorben, verarmt oder nicht bei Trost war, lag es am Krieg, an der Zeitspanne kurz vor seiner Geburt, die in Karls Kopf eine graue Fläche war, aus der alles kam, Erinnerungen, Erzählungen, Witze und das Leid. Baracken aus Wellblech und Spanplatte waren am Deich errichtet worden, für die Flüchtlinge und Ausgebombten, die aber schon so lange darin wohnten, wie er denken konnte.

Heute war er spät dran. Eigentlich hatte er keine Lust gehabt loszufahren. Schon seit Tagen wütete das Wetter, und jetzt war starker Regen dazugekommen, der ihm ins Gesicht peitschte.

Er hatte Angst um das Rad. Mehrfach riss es ihm der Sturm zur Seite, als sei es aus Papier. Ein ungeheures Quietschen hörte er neben sich, und dann sah er eine große Eisenplatte auf ihn zuschlingern. Schnell wich er aus, trat fest in die Pedale. Doch sie prallte gegen die Reifen, und Karl fiel, das Fahrrad im Fallen fest an sich drückend.

Schnell stand er auf und schob das Fahrrad hinter eine Mauer, wo es ihm windgeschützt erschien.

Sollte er es in den Hafen mitnehmen? Was, wenn er es dort verlor? Was würde der Vater sagen, wenn er ohne Fahrrad kam?

Er blickte die Straße hinunter, die Mauer entlang. An einer Stelle war sie durchbrochen und von Gebüsch und einem hohen Baum überwuchert. Er schob das Rad dorthin. Der Untergrund war nass, doch nicht durchweicht. In die Nische, zwischen Mauer und Gebüsch, schob er es hinein. Danach holte er weiteres Laub, sah sich mehrfach um. Mehrere Gestalten bogen in die Straße ein, von Regenmänteln vermummt. Schnell wischte er über den Sattel, der inzwischen nass geworden war, und danach über sein Gesicht und bedeckte das Fahrrad mit dem Laub.

Sie johlten. Ihre Stimmen trug der Wind laut und leise zu ihm. Karl wandte sich um und trat der Gruppe entgegen. Zuerst erkannte er sie nicht, da er wegen der großen Kapuzen von ihren Gesichtern kaum mehr sah als Nase und Augen oder eine von Feuchtigkeit und dicken Regentropfen beschlagene Brille.
„Ist das nicht…?", rief der Brillenträger gegen den Wind und zeigte auf Karl. „Das ist doch…?", rief er und stockte.

„Was macht ihr hier?", fragte Karl. Obwohl es kalt war, begann er zu schwitzen.
„Karl", rief der Brillenträger, den Karl längst erkannt hatte als den Mitschüler Joachim, der sich auf dem Schulhof stets die Brille zur Seite legte, wenn er Mitschüler verprügelte.
Zertritt die Brille, dachte er, falls Joachim sie wieder zur Seite legt – nein, lass sie bloß heil.
„In der Schule saß er immer ganz hinten", sagte Joachim. „Oft habe ich mich gefragt, was er da macht."
Die anderen lachten, wie über einen Scherz, den sie nicht verstanden.

„Und das Beste war, vom Unterricht hat Karl auch nichts mitgekriegt. Genauso wenig wie ich."

„Gepennt hat er wahrscheinlich", sagte einer und wandte sich an Karl. „Hast du geträumt?"

Die Clique sah ihn an. Ein Lastwagen fuhr langsam im Wind schaukelnd und Wasser aufwirbelnd vorbei.

„Gelesen hat er", sagte Joachim, „die ganze Zeit hat er vor sich hin gelesen. Einmal hat sich der Lehrer – das war zum Schießen – an ihn herangeschlichen, ihm das Buch aus der Hand gerissen und um die Ohren geknallt", rief Joachim.

„Schlaumeier unter sich", sagte einer aus der Gruppe.

„Aber er hat das nicht auf sich sitzen lassen", rief er, „Karl ist aufgestanden und hat dem Lehrer eine runtergehauen."

Einer der Jungs kam auf Karl zu. Wie aus Freundschaft legte er den Arm um seine Schultern, hängte sich dann aber an ihn, zwang ihn so, sich zu bücken und nahm ihn in den Schwitzkasten. Jemand versetzte ihm einen Tritt.

Erfolglos versuchte er, sich zu wehren. Dann sah er Joachim, wie er sich am Fahrrad zu schaffen machte.

Er schrie, doch seine Stimme war gedämpft von der Jacke des anderen. Sie roch nach Schmieröl.

„Ganz ruhig", sagte Joachim in den Wind. „Das Rad nehmen wir dir nicht weg. Wir wollen es nur sicher verstauen, bei dem Wetter." Er lachte breit und hob das Fahrrad in die Höhe, als wollte er es gleich auf Karl niedersausen lassen. „Kann doch sein, dass eine Flut kommt und hier alles mitnimmt."

Karl machte einen Satz nach hinten und befreite sich. Unter seinem Regenmantel rutschte der Henkelmann hervor und kullerte auf die Straße. Der Junge, der ihn gepackt hatte, seine Kapuze war ihm vom Kopf geweht und schutzlos lag sein Gesicht frei im Regen, sah ihn verdattert an, als Karl zurücktaumelte und schließlich mit Schultern und Kopf aufschlug.

Hoch über ihm im Baum befand sich das Fahrrad. Einer der Jungs stand dort und band es gerade am Ast fest.

Karl hatte keine Zeit, lange darüber nachzudenken. Er drehte sich um, packte das Kochgeschirr und stand auf. Eine Böe schlug ihm entgegen. Gebückt rannte er gegen den Wind an und sah nicht zurück.

Er wusste nicht, wie weit er gerannt war. Doch als er auf die Elbbrücke trat, schien es ihm, als sei es ewig gewesen. Ein Sturm fegte darüber. Karl wurde zur Seite gedrückt, legte sich in den Wind. Beinahe wurde ihm der Henkelmann aus der Hand gerissen, und mit zitternden Fingern knöpfte er die Jacke auf, um das Kochgeschirr darunterzuschieben. Im ersten Moment tat es gut, dessen Wärme am Bauch zu fühlen.

Er ging in der Mitte der Fahrbahn und sah, dass das Wasser schon sehr hoch stand.

3

Plötzlich schrak er auf. Einen hohen Hupton hatte er hinter sich gehört. Er konnte ihn im Sturm nicht orten, und als er sich umwandte, stand ein Auto direkt hinter ihm.

Ein Mann streckte den Kopf heraus, schrie etwas Unverständliches. Karl ging auf ihn zu und rief gegen den Sturm, ob er helfen könne.

„Helfen?", rief der Mann und zog den Kopf in den Wagen.

„Helfen? Dir sollte man helfen", rief er aus dem Auto. Nass klebten die Haare des Mannes an seinem Schädel. Er winkte Karl zu sich heran.

„Was machst du hier?", fragte er, als Karl nah genug am Fenster war.

„Ich komme jeden Tag hier lang."

„So?", sagte der Mann und zögerte einen Moment. „Steig ein."

Karl ging um den Wagen herum. Im Inneren roch es wie in einem nassen Zelt, und der Henkelmann drückte ihm in die Seite. Wie er heiße, fragte der Mann und stellte sich selbst vor.

„Hattenhorst", sagte er, „Oke Hattenhorst. Nenn mich Oke."

„Karl Blomstedt aus Wilhelmsburg", erwiderte Karl und rieb sich die Hände am Pullover halbwegs trocken. Oke nickte.

„Warum macht sich ein Wilhelmsburger auf den Weg nach Hamburg, bei dem Wetter? Gemütlicher wäre es doch, hinter dem Deich zu bleiben und abzuwarten, bis das Unwetter vorbei ist."

Karl nickte. Das Sprechen fiel ihm nicht leicht. Erst als er im Auto saß, merkte er, wie stark er fror. Und so gab er nur einsilbig wieder, was er hier machte.

„Ach so", sagte Oke, „und was hast du unter deiner Jacke da?"

„Das ist der Henkelmann."

„Eine schöne Suppe, bei dem Wetter, das ist was Feines", sagte Oke.

„Ich würde Ihnen etwas anbieten, aber ich kann auch nichts abhaben. Das ist", Karl schluckte, „das ist für meinen Vater."

Oke lachte.

„Ach, lass gut sein."

Dann fuhr er an. Der Wind rüttelte am Wagen, der nur langsam vorankam.

„Sehen wir mal zu, dass wir noch heil nach Hamburg kommen."

Oke war dick und kräftig. Er hatte den Fahrersitz weit nach hinten geschoben und lenkte das Auto mit ausholenden Bewegungen.

Sie fuhren die Schiffe an, in denen Karl seinen Vater vermutete. Die Stauerei, für die Heinrich arbeitete, war meist für dieselben Reedereien tätig, und Oke schien zu wissen, wo ihre Schiffe lagen.

Oke näherte sich den Pförtnerhäusern der Kaischuppen so dicht wie möglich, hupte dann mehrfach, bis sich jemand aus der Hütte hervorwagte, den Regenmantel über den Kopf zog und die wenigen Meter zum Auto rannte.

Oke kurbelte das Fenster hinunter und erklärte die Situation. Der Pförtner erkannte Karl und begrüßte ihn an Oke vorbei.

„Hast du uns heute einen Kollegen mitgebracht", oder: „Hast du einen Chauffeur – bei dem Wetter –, das lob ich mir."

Dann überlegten sie, wo Heinrich sein könnte.

Und endlich fiel einem Pförtner etwas ein. Er strich durch seinen Bart, rannte zurück, telefonierte herum, winkte sie herbei, und Oke versuchte, noch dichter an das Haus heranzufahren, sodass Karl nur noch wenige Schritte fehlten. Der Pförtner schrieb auf einen Zettel, wo sich Heinrich befinden könnte.

„Hoffentlich finden wir deinen Vater noch. Vielleicht ist er längst wieder auf der Insel", sagte Oke, als Karl ihm den Zettel gegeben hatte.

Karl sagte nichts.

Schließlich gelangten sie an den Speicher, der ihnen genannt worden war.

Der Pförtner saß in einem kleinen Kabuff auf dem Kai. Er winkte ihnen schon von weitem und machte einige Zeichen.

Oke parkte den Wagen und stellte den Motor ab. Prasselnd legte sich der Regen über die Windschutzscheibe, dass Karl kaum etwas erkennen konnte. Eine dunkle Gestalt, die sich ihnen näherte, sah er nur schemenhaft. Oke kurbelte das Fenster hinunter. Er musste seine Frage nach Heinrich mehrfach wiederholen und gegen den Lärm des Regens und die Regenschwaden anbrüllen, bis der Pförtner ihn verstand.

Er nickte nur immer wieder und schrie dann, dass er angerufen worden sei.

„Ich wusste, dass Sie kommen würden", brüllte er und dann, dass er wisse, dass Heinrich hier arbeite.

„Ja", schrie er, „der ist hier. Ich habe ihn auf der Liste."

Fragend blickte er ins Auto.

„Wieso?", schrie er dann, „hat er denn was angestellt?"
Oke schüttelte den Kopf.

„Der Junge hier", rief er, wandte sich kurz an Karl und dann wieder dem anderen zu, „der Junge sucht seinen Vater. Das ist sein Vater, verstehen Sie?"

Der Pförtner nickte.

„Ist was passiert?"

„Nein", rief Oke. „Er bringt ihm sein Mittagessen."

„Sein Mittagessen?"

Der Pförtner blickte ratlos zu ihnen hinein, dann hinter sich, wie um sich des Regens zu versichern.

„Bei dem Wetter?"

„Er wusste nicht, dass es so heftig wird."

„Aber das wurde doch überall gesagt."

„Wo denn?"

„Was?", rief der Pförtner.

Oke wiederholte seine Frage und betonte die beiden Silben.

Der Pförtner sah ihn an.

„Na im Radio", rief er, und als habe Oke nicht gehört, „im Radio."

Er wischte sich über das nasse Gesicht.

„Den ganzen Tag höre ich Radio, und da haben sie es gesagt."

„Was denn?"

„Dass Sturmflut kommt und hier alles wegfegt. Aber bis dahin ist noch genug Zeit."

„Wie viel denn?"

Oke musste seine Frage erneut mehrfach wiederholen, bis der andere verstand.

„Keine Ahnung."

„Und dann arbeitet ihr?"

„Klar", schrie der Pförtner. „Wir...", schrie er dann, schluckte und holte Luft, „wir sind immer hier an der Arbeit. Bei jedem Wetter."

„Auch jetzt, bei diesem Wetter?", rief Oke.

„Ja, auch bei diesem Wetter. Da drin", rief er und wies auf das Schiff, „da drin ist das Wetter doch in Ordnung."

4

Sie fuhren um den Kaischuppen herum. Es war ein riesiges Gebäude aus Stahlbeton, mehr als hundert Meter lang, und ein höheres Gebäude in deren Mitte. Ein Frachter lag an der Kaimauer. Anders als sonst waren auf dem Kai keine Leute zu sehen. Stattdessen war das Schiff über eine große Anlage mit der Lagerhalle verbunden. Oke stellte den Scheibenwischer aus. Sofort war die Windschutzscheibe von prasselnden Regentropfen bedeckt, und der Wind rüttelte am Auto.

„Sie löschen das Schiff über den Elevator", rief Oke, als befänden sie sich bereits außerhalb des Wagens. „Das ist eine neue Maschine, sie befördert die Ware direkt in den Kaischuppen." Er öffnete die Autotür und rannte über den Kai auf die Gangway zu. Karl ihm hinterher.

Sie betraten das Schiff durch die Luke. Kletterten rasch hinunter, um vor dem Wetter geschützt zu sein.

Es roch intensiv nach Kaffee. Von hier oben konnte Karl in den Laderaum blicken. Kleine Zwischengeschosse befanden sich darin, die durch Leitern verbunden waren. In der Mitte eine Maschine, die einem Schaufelrad gleich mehrere Körbe in das Schiff und hinaus transportierte. Die Arbeiter hatten eine Stafette gebildet, über die sie einander Kaffeesäcke zuwarfen und in die Körbe legten.

Plötzlich wurde die Stafette unterbrochen, während das Schaufelrad weiterlief.

„Dass du kommst, wird auch langsam Zeit", sagte der Vater, der einen Kaffeesack im Arm hielt. „Wo hast du gesteckt?"

Karl holte den Henkelmann unter der Jacke hervor, ging zu ihm hin und gab ihn ihm.

„Total kalt", stellte der Vater fest und blickte über Karl hinweg.

Karl folgte dem Blick des Vaters und sah Oke lächeln. Oke erklärte, bei diesem Wetter sei es nicht leicht, das Essen wohltemperiert zu befördern.

Die Kollegen des Vaters brachen in Gelächter aus. Nach einem kurzen Moment begann auch er selbst zu lachen, verhalten erst, dann lauter.

Doch plötzlich wurde Heinrich ruhig, und mit seiner schwerfälligen Stimme fragte er: „Wer sind eigentlich Sie?"

„Hattenhorst. Oke."

„Heinrich Blomstedt", sagte der Vater, gab den Kaffeesack weiter und wischte sich die Hand an der Arbeitshose ab.

Sie gaben einander die Hand.

„Darf ich Ihnen etwas anbieten?", fragte Heinrich und zeigte auf den Henkelmann, „nicht mehr ganz warm ist es, aber schmecken wird es."

Oke schüttelte den Kopf.

Heinrich setzte sich auf den Boden, und seine Kollegen setzten sich dazu und packten auch ihr Essen aus.

Jens, der oft mit Heinrich zusammenarbeitete, nahm die Lotsenmütze vom Kopf und legte sie wie einen Teller vor sich hin. Er legte etwas dazu, das in fettiges Brotpapier eingeschlagen war, mit Käse belegte Stullen, und schaute Karl dabei mit fragendem Blick an. Karl knurrte der Magen, doch er schüttelte den Kopf. Jens nahm das Brot und hielt es Karl hin. „Ich brauche nicht so viel."

In einer anderen Situation hätte Karl abgelehnt, aber jetzt griff er nach dem Brot.

„Wollen Sie heute noch zurück nach Wilhelmsburg?", fragte Hattenhorst.

Er begann eine Pfeife zu stopfen.

Heinrich nickte und löffelte weiter seine Suppe.

„Da müssen Sie sich beeilen, wenn Sie noch heil auf die Insel wollen." Er ließ das Benzinfeuerzeug aufschnalzen. Dann zündete er, ziehend und Rauch paffend, die Pfeife an.

Andere Männer rauchten verbeulte Zigaretten, die sie aus weichen Päckchen klopften.

Obwohl das Schiff groß war, wurde es immer wieder von schweren Wellen geschüttelt, die lärmend an die Bordwand knallten.

„Wir sollen uns beeilen, nach Wilhelmsburg zu kommen? Warum?", fragte der Vater.

„Es ist überall gleich", erwiderte Hattenhorst, „und es wird nicht besser." Karl schob sich das letzte Stück Brot in den Mund und hörte Oke zu.

„Es wurde Sturmflut angesagt", sagte Oke paffend, „das Wasser ist schon drei Meter über Normalnull."

„Aber das ist doch nicht gefährlich", sagte Karl, „die Deiche sind doch fünf Meter hoch und mehr." Er hatte angespannt zugehört, und die beiden Männer sahen ihn an, als ob sie seine Anwesenheit inzwischen vergessen hätten.

Hattenhorst wandte sich an Heinrich.

„Ich würde dennoch versuchen, nach drüben zu kommen, an Ihrer Stelle, so schnell wie möglich. Allein schon, um den Jungen heil nach Hause zu bringen."

Heinrich kratzte das Kochgeschirr aus. Er blickte an Oke vorbei und nickte.

„Ist Ihre Frau dort? Und andere Kinder?"

„Agnes", sagte Heinrich nachdenklich, „meine Frau."

Oke stand auf. Er klopfte Karl auf die Schulter. „Ich sollte mich auf den Weg machen. Ich muss heute noch nach Elmshorn."

Karl stand auf und streckte Oke die Hand entgegen.

„Ich habe mich noch nicht bei Ihnen bedankt."

„Da nicht für", sagte Oke, gab ihm die Hand und legte die zweite auf seinen Arm. Dann ging er an die Luke. Ein scharfer Wind fegte in das Schiff. Oke schlug den Mantelkragen nach oben und verschwand in den Regen.

5

Heinrich blickte hinüber zum Lukengast, der die Luke wieder verschloss. Er schien nachzudenken. Schließlich winkte er ab und, ohne Karl anzusehen, hielt er ihm den Henkelmann hin.

Karl rannte an die Hinterseite des Laderaums, wo sich ein Waschtrog befand, und spülte das Kochgeschirr aus. Er hatte erwartet, dass sie aufbrechen würden, doch als er sich umwandte, hatten die Schauer die Arbeit wieder aufgenommen.

Ratlos stand er am Trog und schaute den anderen bei der Arbeit zu. Heinrich machte wenige Schritte auf Karl zu und sagte, dass er sich ausruhen solle, „einen weiten Weg haben wir nachher vor uns". Heinrich wirkte nachdenklich.

„Leicht wird das nicht."

Sie blickten sich für einen Moment an. Dann wandte er sich um und verschwand wieder im hinteren Teil des Raums.

Karl setzte sich an die Wand. Er spürte die Erschöpfung in den Gliedern. Seine Kleidung war nass und kalt. Er verlor sich in Gedanken. Über die Sturmflut, über seine Mutter, das Fahrrad und die Fahrt durch den Hafen mit Oke. Allmählich gingen seine Gedanken in Schlaf über.

Plötzlich rüttelte jemand an seiner Schulter. Heinrich stand über ihm.

„Richtig weggeknackt bist du", sagte er.

„Gar nicht mehr wachgekriegt habe ich dich."

Heinrich machte ein paar Schritte zurück und streifte sich die Öljacke über. Er schob sich etwas Geld unter die Jacke, als er auf die Luke zuschritt.

Karl rappelte sich auf, und als sie an der Luke standen, fragte er, wie sie jetzt nach Wilhelmsburg kommen sollten. „Vorhin stand das Wasser schon knapp unter den Brücken."

„Unten durch", sagte Heinrich. „Durch den Elbtunnel."

Der Ladungsoffizier riss die Luke auf, sie rannten hinaus. Plötzlich waren sie mitten im Unwetter.

Heinrich lief voran und rief Unverständliches über die Schulter. Auf dem Kai stand das Wasser knietief, in Mulden und Rinnen. Es regnete schneidend, pladderte von Dachrinnen, und aus der Kanalisation wurde das Wasser herausgedrückt.

6

Es war dunkel, als sie den Elbtunnel erreichten. Von drinnen waren Geräusche zu hören, ein Grummeln und heftige Schläge.

Der Tunnel war über einen dreißig Meter tiefen Schacht zu erreichen. Er war gekachelt, eine Treppe führte hinunter. Das Licht flackerte noch.

Sie liefen die Treppe hinab. Für Karl fühlte es sich an, als tappten sie in eine Falle. Was da unten passierte, war nur schemenhaft auszumachen.

„Ich glaube", rief er dem Vater zu, „ich glaube, da unten ist alles überflutet."

Heinrich wandte sich um. Im Aufflackern des Lichts fing Karl seinen Blick auf. Die Augen starrten an ihm vorbei, doch um den Mund zitterte er.

Dann rannte er weiter, mehrere Stufen auf einmal nehmend, in die Tiefe.

Sie betraten eine der beiden Röhren. Karl zögerte. Die Röhren waren mehrere hundert Meter lang, das wusste er ungefähr. Würden sie es bis ans andere Ende schaffen?

An normalen Tagen brauchte Karl zehn Minuten, um durch den Tunnel zu gehen. Er hatte das Gefühl, dass die Tunnelwände heute bersten könnten. Er dachte an seine Mutter. Leute rannten an ihm vorbei. Jemand riss an ihm.

Es war Heinrich. Karl folgte ihm.

7

Auf den ersten gut zweihundert Metern war der Tunnel leicht abschüssig und auf der Hälfte des Wegs der tiefste Punkt erreicht. Hier wateten sie knöcheltief durch das Wasser. Autos fuhren vorbei, und Menschen rannten ihnen entgegen, schubsten einander zur Seite. Die glatten Kacheln, die in regelmäßigen Abständen von Keramikreliefs, Fabelwesen, Walen und Fischen durchbrochen waren, reflektierten das unruhige Licht. Die Reliefs schienen sich darin zu bewegen. Ratten rannten an ihnen vorüber, stoben vor den Tritten der Passanten auseinander, warfen sich ins Wasser, durchschwammen die Pfützen und Lachen. Ein Mofa kam ihnen laut und dennoch schwerfällig entgegen. Am Steuer ein Mann, vor sich ein Kind auf dem Tank, und auf dem Rücksitz saß eine Frau, die den Mann und das Kind in fester Umarmung hielt.

Sie langten an den hölzernen Lastenaufzügen an. Mehrere Autos versperrten den Weg. Die Lastenaufzüge waren steckengeblieben, und Karl blickte nach oben. Wasser rann die Schlotwände hinab.

„Nichts wie raus", rief Heinrich.

Karl rannte ihm hinterher, die Treppe hinauf. Sie bebte unter den Füßen der vielen Leute, die hinaufliefen. Jetzt nahmen sie mehrere der aufgeweichten Holzstufen auf einmal, die zwischen den Stahlstreben verliefen.

Als sie an der Oberseite des Schlots anlangten, schlugen die Zugangstüren auf.

Heinrich machte einen Satz. Sie liefen in den Regen. Karl atmete schwer. Im Sturm fühlte es sich an, als nehme der Wind ihm die Luft. Er hatte Durst und Seitenstechen.

Die Laternen waren ausgefallen. Im fahlen Licht des umliegenden Werftgeländes schien alles zu verschwimmen, als ziehe es sich zurück, unter den Füßen und vor dem Blick. Das markanteste waren die Regentropfen, die sich auf Wangen und Handrücken wie Nadelstiche anfühlten. Karl zog die Öljacke bis an die Nase.

Gegen den Wind kamen sie nur langsam voran. Es war schwer, sich auf den Beinen zu halten. Heinrich ging in Deckung wie ein Soldat und riss Karl hinunter. Dinge aus Holz und Metall wurden in die Luft gerissen und meterweit geschleudert.

Durch seine Arbeit hatte Heinrich den Hafen kennengelernt. Er wusste, welche Wege sie gehen konnten. Und dennoch wateten sie durch hüfthohes Wasser, sodass sie sich aneinander festhalten mussten. Karl spürte seine Beine nicht mehr. Anfangs war da noch ein Kribbeln gewesen, doch jetzt fühlte es sich an, als watete er auf Stelzen durch das Wasser.

Als sie am Wilhelmsburger Deich anlangten, krochen sie auf allen Vieren den Wall hinauf. Nahe der Deichkrone war der Sturm so stark, dass sie sich selbst auf den Knien kaum aufrecht halten konnten.

Karl, der vorausgekrochen war, verlor das Gleichgewicht. Er schlitterte einige Meter den Deich hinunter. Grob packte Heinrich ihn am Kragen.

„Pass doch auf", brüllte er in sein Ohr und drückte ihn nach unten. Auf dem Bauch sollte Karl weiterrobben, und als er oben ankam, sah er, dass sein Vater es ihm gleichtat.

II

1

Wie jeden Freitag war auch heute Zahltag, und sofort nach Dienstschluss würden die Arbeiter in die Kogge kommen, das Geld in den Taschen.

Die meisten ließen sich einen Teil des Geldes in kleinen Münzen auszahlen, die sie auf den Flipper oder die Musiktruhe legten, sobald sie das erste Bier bestellt hatten. Es war ein Zeichen. So wurden der Flipper, die Musikbox, die Kogge zu ihrem Besitz, und Agnes wusste, dass das die Momente waren, wo es nicht viel brauchte und die Stimmung kippte.

Deshalb war es gut, sich auf den Freitagabend vorzubereiten.

Agnes knetete aufgeweichtes Brot, Hackfleisch und Zwiebeln zusammen, formte kleine Fleischklöße, die sie in die Pfanne ins heiße Fett warf. Ebenso briet sie Fischfrikadellen, während Novotny die Soleier vorbereitete. Er klopfte die Eier mehrmals leicht auf die Tischplatte, sodass kleine Risse in der Schale entstanden, legte sie in einen Bottich und schüttete einen Sud aus kochendem, mit Kümmel versetztem Salzwasser darüber. So eingelegt, waren sie für mehrere Monate haltbar. Novotny stellte immer wieder ein neues Einmachglas auf die Theke, von wo sie nach und nach verkauft wurden. Oft hatte er zwei Gläser offen, eines mit Eiern, die erst seit wenigen Tagen eingelegt waren, und eines mit solchen, die schon länger zogen, sodass sich das Eigelb von grünlich ins Bläuliche verfärbt hatte, eine Delikatesse, die ein paar Pfennig mehr kostete.

Henri und Heinrich spendierten sich gegenseitig oft Soleier. Sie stießen sie gegeneinander, sodass die Schale weiter zerbrach, und pellten sie dann.

Entlang der Bruchstellen waren die Eier mit einem dunklen Aderwerk durchzogen.

Während Henri das Ei sofort aß, indem er es sich als Ganzes in den Mund steckte, machte Heinrich ein Gericht daraus. Er zerteilte es auf der Untertasse, auf der er es serviert bekommen hatte. Vorsichtig löste er das halbierte Eigelb heraus, und wenn es ruhig war, war ein Schmatzlaut zu hören, auf den Heinrich zu warten schien.

Agnes vermied es, ihn dabei direkt zu beobachten, da sie den seligen Gesichtsausdruck schwer ertrug, die Weichheit um Mund und Augen, die obszön wirkte.

Also sah sie nur aus dem Augenwinkel zu, wie er Öl, Essig und Pfeffer in die Eiweißmulden tat, das Eigelb auf die Eihälften legte und das Ganze schließlich mit etwas Senf verspeiste.

2

Jetzt, am späten Abend, da die meisten Gäste gegangen waren, um in einer anderen Kneipe, die über einen Fernseher verfügte, „Die Familie Hesselbach" zu sehen, bemerkte Agnes, wie müde sie war. Die plötzliche Ruhe erschien ihr unwirklich.

Mit einem Sturmfeuerzeug zündete sie sich eine Zigarette an. Über der Theke war das Licht matt, flackernd, und nach hinten wurde es dunkler, lag der Gastraum der Kogge nur von der Musikbox beleuchtet da. Wenn sie in den zweiten Gastraum trat, legten sich Schummrigkeit und der Geruch nach Bier und Zigaretten um sie. Sie nahm zuerst die Glutpunkte der Zigaretten und erst allmählich die Gestalten am Stammtisch wahr.

Novotny wollte es so, die Kogge, eine Kneipe, in der man in der Dunkelheit für sich blieb, da saß er, im Hinterzimmer mit den Stammgästen.

Sie stellte das Tablett auf den Tisch und räumte die leeren Gläser ab. Novotny verteilte die Biere, indem er die Gläser mit kleinem Stoß über die Holzplatte schickte, die von einem feuchten Bierfilm überzogen war.

Agnes spürte eine Hand, die das Bein hinaufstrich und auf ihrer Hüfte liegen blieb. Sie hörte ein Kichern, und im nächsten Moment bekam sie die fremde Hand zu fassen. Die Finger waren lang und die Haut rau. Mit einem kurzen Ruck verdrehte sie sie. Die Gelenke knackten, und Agnes hörte einen unterdrückten Schrei.

„Du hast schon zu viel rumgefummelt, Fiete", rief Agnes.

„An Agnes kommt mir keiner ran", sagte Novotny.

„Du redest, als ob sie deine Frau ist", sagte Fiete.

Novotny wandte sich ihm langsam zu.

„Du kapierst aber auch gar nichts", sagte er.

Agnes verließ das Hinterzimmer.

Sie stellte die Biergläser ab, spülte sie, und als sie sich umwandte, riss sie eines mit. Es zerschellte auf dem

Fußboden. Sie beeilte sich, die Scherben aufzulesen. Das war ihr noch nie passiert.

Sie blickte sich um, es war leer im Gastraum, von einem Mann abgesehen, der sich an der Musikbox zu schaffen machte.

Nachdem sie die Scherben in die Tonne geleert hatte, zündete sie sich die Kippe noch einmal an. Kurz wog sie das Sturmfeuerzeug in der Hand, das immer hinter der Theke bereitlag. Sie musste an Heinrich denken, der es ihr einmal geschenkt hatte. Wie ging es ihm jetzt und wie Karl, bei diesem Wetter?

Längst müsste er zurück sein, dachte sie. Immer wieder hatte sie das Radio angestellt, das hinter der Theke stand. Der Empfang war schlecht. Die abgehackten Stimmen stotterten etwas von Sturmflut. Dass es Entwarnung gebe, für die Wohngebiete, doch war Karl mit dem Fahrrad losgefahren, durch den Hafen.

Wie sah es dort jetzt aus?

Sie stellte sich ans Fenster. In der Dunkelheit war nicht viel zu erkennen. Menschen rannten vorbei, mit dem Sturm oder gegen ihn. Es regnete stark, und der Wind rüttelte an den Fenstern, der Tür. Sollte sie Novotny sagen, dass sie früher nach Hause wollte? Doch dort gab es kein Radio. Leise hörte sie die Stimmen aus dem Radio, das Novotny über der Theke aufgestellt hatte, und nun schob sich ein Geräusch aus der Musikbox darüber, der metallische Klang des Greifarms, der eine Schallplatte auf den Plattenteller legte, und dann hörte sie Novotnys Stimme aus dem Hinterzimmer – er sei jetzt soweit.

Sie dämpfte die Zigarette aus, legte sie auf die Theke und ging nach hinten. Er hatte sich zurückgelehnt, blickte an sich hinunter und wies mit dem Kopf in die andere Richtung, zur schmalen Tür mit der Toilette.

„Jetzt geht es rund", sagte Fiete.

Novotny tat so, als habe er ihn nicht gehört.

Agnes stellte sich vor ihn hin und ging leicht in die Hocke. Fest umfasste er ihre Schultern. Dann richtete sie sich auf. Als er stand, legte sie einen Arm um seine Schulter, griff nach den Krücken und klemmte sie ihm unter die Achseln. Seine Beine waren schlaff, doch er hatte Schienen daran geschnallt, und mit den Krücken kam er schnell voran.

„Ein Scheißleben", sagte er von der Klotür aus.

Agnes hielt die Tür auf.

Er warf die Krücken fort und hangelte sich an den Wänden entlang ins Innere des Klos.

„Ich bin ein Krüppel", sagte er über die Schulter. „Wenn das Bier nicht so gut wäre, einfach nur dasitzen würde ich."

Nun lehnte er an der Wand in einem sicheren Stand über der Kloschüssel, Schweißperlen auf dem Gesicht, und mit einem konzentrierten Blick nickte er jetzt.

Agnes schloss die Tür. Sie wollte die Krücken aufheben, doch Fiete hatte sie sich schon untergeklemmt. Er drehte eine Runde durch den Raum und lachte, doch Henri blieb ernst. Er schaute ihm hinterher, und Fiete drehte noch eine Runde um den einzigen Tisch im Hinterzimmer, den Stammtisch. Als er bei Agnes angelangt war, versuchte er ihr mit einer der Krücken auf den Hintern zu hauen. Sie riss ihm die Krücke aus der Hand.

„Der Krüppel wird übermütig", sagte sie zu ihm, und Henri, der ihm die andere Krücke abnahm, schob ihn weg.

„Wer wird hier übermütig?", drang Novotnys Stimme aus dem Klo.

Agnes hörte, wie er die Spülung zog, und dann öffnete sich die Tür.

„Fiete macht Witze", sagte Henri.

„Du bist albern. Den ganzen Abend schon", erwiderte Novotny.

Er sah Fiete aufmerksam an, vom Klo aus, in dem er an der Wand lehnte.

„Bist du nicht ausgelastet? Soll Heini dich mal wieder mitnehmen?"

Langsam kam er aus der Toilette hervor. Er wankte von einem Bein auf das andere. Dann griff er nach den Krücken, und sobald sie unter seinen Schultern klemmten, ging er behände zurück in den Raum. Er blickte sich um und sagte: „So ungemütlich hier, wie ihr alle herumsteht."

Novotny ließ sich auf den Stuhl fallen und gab Agnes die Krücken.

„Wo ist er eigentlich, Heinrich?", fragte Henri, er blickte auf Novotny, doch tatsächlich fragte er Agnes.

„Im Hafen", sagte Agnes. „Er müsste bald zurück sein."

„Und der Junge?", fragte Novotny, „hat er etwas erzählt vom Wetter und dem Hafen?"

Agnes blickte an ihm vorbei.

„Ist Karl schon zurück?", fragte Novotny.

„Wahrscheinlich macht er sich einen Lenz auf St. Pauli." Fiete kratzte sich durch die Bartstoppeln.

„Er ist noch nicht zurück", sagte Agnes.

Sie versuchte, ihr Zittern zu unterdrücken, aus dem

Nachbarraum drang leise die Musik aus der Musikbox. „Sturmflut", sagte Novotny und dachte nach. „Er kommt da heil raus."

Er nahm einen tiefen Schluck Bier.

Agnes verschränkte die Arme und fixierte einen Punkt an der Wand.

„Mach dich auf den Weg", sagte er. „Es ist früh. Besser du bist daheim, wenn die beiden ankommen."

Ruckartig öffnete sich die Tür des Hinterzimmers. Der Sturm brach in den Raum. Ein hagerer Mann trat ein und beeilte sich, die Tür zu schließen.

„Ich musste den Hintereingang nehmen", sagte der Mann.

Er zog die Kapuze vom Kopf, griff unter den Mantel und setzte sich eine Lotsenmütze auf.

„Jens", sagte Agnes.

Er hatte mit Heinrich gearbeitet, da war sie sich sicher.

„Was machst du denn schon hier?", fragte Novotny.

„Da war jemand auf der Arbeit, der hat was vom Wetter erzählt."

„Komm rein."

Novotny versuchte sich an Tisch und Stuhl aufzurichten. Henri lehnte sich auf die andere Seite des Tisches, um zu verhindern, dass er kippte. Dann griff Novotny nach den Krücken, klemmte sie sich unter und ging an den Tresen. Er lehnte sich dagegen, und als er sicher stand, zapfte er Bier.

„Ein Korn", rief ihm Jens hinterher. „Das kann ich heute gebrauchen."

Er zog sich die Ölsachen aus und hängte sie an den Haken.

„Da ist was los", sagte er.

„Ich bin gar nicht zur Arbeit gegangen", sagte Fiete. „Bei dem Wetter kriegen mich keine zehn Hunde da raus."

„Zehn Hunde?", fragte Henri.

Fiete nickte.

„Wenn, dann zehn Pferde", verbesserte er ihn.

„Bei mir sind es eben Hunde."

„Außerdem ist dir das Wetter doch egal", sagte Henri, „wenn du nicht arbeiten willst, bleibst du halt zu Hause."

Fiete schüttelte den Kopf, „zu Hause bleibe ich eigentlich nie. Ich geh in die Kogge."

Er machte eine Geste. Novotny nickte und zapfte weitere Biere. Es lief auf eine neue Runde hinaus. Agnes ging an die Theke. Jens folgte ihr, und sie stellte das Bier vor ihn hin.

Jetzt kamen auch die anderen herbei. Agnes reichte ihnen die Biere.

„Na denn, leg mal los", sagte sie zu Jens.

Er nahm das Schnapsglas und leerte es in einem Zug.

„Das Rad. Ich habe es gefunden."

Jens wischte den Mund ab und stellte das Glas auf die Theke.

Die anderen blickten ihn fragend an, doch Agnes verstand, was er meinte.

„Da war eine Gruppe Halbstarker."

Er trank aus dem Bierglas.

„Moment mal", sagte Novotny. „Das geht mir zu schnell. Erzähl mal, eins nach dem anderen."

„Wo ist Karl?", fragte Agnes.

„Das weiß ich auch nicht", erwiderte Jens. „Heute Morgen waren kaum Leute im Stall. Aber das Wetter ist schon seit Tagen so wie jetzt, und es ist immer gut gegangen. Wir haben dann normal gearbeitet."

Er nahm einen großen Schluck Bier.

„Irgendwann ist Karl angekommen, mit so einem anderen im Schlepptau."

„Was war das für einer?", fragte Novotny.

„Keine Ahnung. Er war groß, dick. Und er wusste Bescheid." Jens blickte in die Runde. „Dass da überall Sturmflut ist, hat er gesagt. Wir sollten uns besser auf den Weg machen, nach Wilhelmsburg. Hein habe ich das auch gesagt, aber er meinte nur, er hat immer die volle Schicht gemacht und daran will er wegen der paar Tropfen nichts ändern."

„Paar Tropfen ist gut", sagte Fiete.

Jens nickte und sah an sich hinunter. Seine Kleidung war durchnässt. Agnes schien es, als friere er.

„Dann hast du dich auf den Weg gemacht?", fragte Henri.

„Allein bin ich los, der Junge hat geschlafen, und ich dachte, ihm tut das mal gut."

Für Agnes und sich hatte Novotny Bier gezapft. Er gab ihr ein Glas, sah sie dabei an und ließ sich nach hinten sacken, auf einen Hocker an der Wand.

„Ich dachte mir auch, dass sie alles absperren und Karl und Heinrich dann eben mal eine Nacht in Hamburg bleiben."

„In Hamburg kann man was erleben", sagte Fiete. „Vor allem wenn man einen Tageslohn in der Tasche hat."

„Hamburg ist auch nicht mehr das, was es mal war", sagte Henri mit einem Blick auf seinen Korn. „Die Hamburger kommen alle hierher, nach Wilhelmsburg. Hier gibt es was zu erleben."

„Heute habe ich hier noch keinen Hamburger gesehen", sagte Novotny.

„Bei dem Wetter kann man das auch verstehen", sagte Fiete, „da würde ich auch zu Hause bleiben."

„Komisch fand ich nur, dass ich das Rad gefunden habe." Jens kratzte sich am Kopf.

„Wo hast du es gefunden?", fragte Agnes.

„Da war diese Gruppe. Die standen um einen Baum herum. Einer war da zwischen den Zweigen. Er hantierte an dem Rad und reichte es zu den anderen hinunter. Das sah ganz schön abenteuerlich aus, in dem Sturm." Jens sah in die Runde. „Ich habe sofort erkannt, dass das Karls Rad ist. Aber was machte es da oben, und warum war es dort? So schnell konnten die beiden nicht gewesen sein, Karl und Heinrich. Die waren noch nicht los, als ich mich auf die Socken gemacht habe."

„Nee", sagte Novotny, „das glaube ich auch." Er hatte für einen anderen Gast ein Bier gezapft, und nun ließ er es für die Schaumkrone stehen.

„Ich bin also einfach in die Nähe gegangen. Das war eine Gruppe, ich sage nur, die waren ganz basch. Haben sich lautstark unterhalten, richtig gebrüllt, wahrscheinlich wegen des Sturms, und ich stand ganz gut, habe alles mitgehört. Die haben sich unterhalten, wem das Rad jetzt gehört, wer es gefunden hat und was sie damit machen müssen, damit keiner merkt, wem es eigentlich gehört hat. Da bin ich hin und habe gesagt, dass das Karls Rad ist."

„Was meinten sie dann?", fragte Henri.

„Nichts. Die schauten nur belämmert. Wahrscheinlich hatten sie mich nicht verstanden, bei dem Wind, und da habe ich es wiederholt, lauter. Der Eine, der Größte, war so ein richtiger Briet, hat sich davor gestellt, sodass ich genau wusste, was da los war." Jens blickte in die Runde. „Der hat gebrüllt, dass das sein Rad ist. Jetzt ist es seines. Karl hat es verwettet." Jens wandte sich an Agnes. „Ihr habt alles zusammengekratzt dafür."

Agnes nickte.

„Und was hast du gemacht, mit dem Rad", fragte Novotny. „Du hast es doch nicht bei diesen Halbstarken gelassen."

Jens nickte. „Zuerst habe ich den beiseite geschoben, den Größten. Ich habe mich noch gewundert, wie leicht das ging." Er nippte an seinem Bier. „Da hat er plötzlich einen ganz anderen Tonfall bekommen. Geflennt. Dass Karl das Rad in den Baum gehängt hat, damit es sicher ist, vor der Flut."

„Und?", fragte Fiete.

„Da habe ich ihnen geholfen, es wieder hoch zu hängen. Da oben ist es am sichersten", sagte er und trank das Bier aus. „Es tut mir leid, Agnes." Jens blickte in ihre Richtung. „Ich hätte sie begleiten müssen, nach Hause oder mit ihnen drüben bleiben."

„Karl hat es wohl stehen lassen", sagte Novotny. „Bei dem Sturm kann man unmöglich mit dem Rad nach Hamburg fahren."

„Er war so stolz darauf", presste Agnes hervor.

Hinrichsen betrat die Kogge, ein alter Schutzmann.

„Kann ich Ihnen etwas anbieten?", fragte Novotny, „ein Korn kann doch bei dem Wetter nicht schaden."

Hinrichsen öffnete seinen Regenmantel und putzte die Brille am Pullover, dann zog er einen Kamm hervor, und während er sich kämmte, sagte er: „Machen Sie dicht, für heute. Es gibt eine Sturmflut."

Er atmete schwer.

„Das niedrige Wasser ist schon so hoch wie bei der normalen Flut. Ich will nicht wissen, wie das alles wird, wenn da noch mehr kommt."

„Ist das eine offizielle Anordnung?", fragte Fiete.

Hinrichsen sah ihn aus müden Augen an. „Das ist das, was ich noch vertreten kann. Vielleicht ist es nur ein falscher Alarm, dann machen Sie sich einen schönen Abend. Aber wenn nicht, sind Sie in Sicherheit."

Er nahm das Schnapsglas, das Novotny vor ihn hingestellt hatte, und trank es in einem Zug aus.

3

Obwohl Novotny es nicht so gewollt hatte, begleitete sie ihn nach Hause. Sie hatten die Kogge früher als sonst geschlossen und waren gemeinsam aufgebrochen. Das Wetter war heftiger, als Agnes angenommen hatte. Sie wandte sich immer wieder ab. Dann musste sie sich plötzlich an Novotny festhalten, obwohl sie ihn hatte stützen wollen. Sie legten sich in den Wind, wurden von ihm geschoben und gingen gegen ihn an wie gegen eine Wand. Das Wasser, das über die Straße rann, umspülte

Novotnys Krücken. Er rutschte ab, und Agnes fing ihn auf.

Er wohnte in der Georg-Wilhelm-Straße. Agnes hatte ihn selten nach Hause begleitet. In den späten Abendstunden, wenn sich die Kneipe geleert hatte, blieb er allein hinter der Theke.

„Die Hafendeputation", rief Agnes. „Wir sollten da anrufen."

„Es ist nicht mehr weit", rief Novotny.

Sie kamen an der Haustür an. Novotny stellte sich an die Tür. Agnes nahm seine Schlüssel aus der Manteltasche. Ihre Finger waren klamm, als sie die Tür aufschloss.

„Uns haut nichts um", sagte er im Treppenhaus.

Die Wohnung lag direkt im Erdgeschoss. Lange Jahre hatte er in einem der oberen Stockwerke gewohnt und Andeutungen in der Kogge gemacht, dass ihm das Treppensteigen schwerfalle. Jammern sei nicht seine Sache, aber eine tieferliegende Wohnung wäre besser.

Als die Wohnung frei wurde, halfen sie ihm beim Umzug, Heinrich, Karl und sie selbst.

Es war nicht viel. Zwei Stühle, einen Tisch, ein Bett, ein Regal und die Truhe mit der Kleidung. Eine Waschschüssel, eine Bibel und einen Sonntagsanzug. Diese Dinge waren schnell nach unten geschleppt.

Als sie fertig waren, sagte Novotny, er habe das Wichtigste getragen, und aus der Jackentasche zog er eine schmale Flasche und vier Gläschen.

„Korn", sagte er.

Er schenkte ein, und als sie sich zuprosten wollten, sagte Heinrich: „Halt – du nicht." Dabei wies er auf das Glas, das der Junge in der Hand hielt.

„Heinrich, ein Korn kann doch nicht schaden."

„Kommt mir gar nicht in die Tüte", sagte Heinrich, zeigte auf das Glas, auf die Tischplatte und sah Karl durchdringend an.

Stur blickte Karl an Heinrich vorbei. Agnes merkte, dass sie eingreifen musste.

„Stell das Glas hin", sagte sie, und als Karl nicht reagierte, gab sie ihm einen Klaps auf den Hinterkopf. „Aber sofort."

Karl stellte das Glas auf die Tischplatte und hockte sich auf den Boden.

Nach dem Zuprosten machte Novotny Anstalten, sich zu entschuldigen. Agnes wurde es nicht klar, bei wem er sich entschuldigte, und sie wusste nicht, wie sie reagieren sollte.

Als sie sich verabschiedeten, flüsterte Novotny in ihr Ohr: „Das ist für den Jungen."

Und groß und schwer fühlte sie ein Geldstück in der Hand. „Für das Rad."

Es war eine kleine Wohnung, nur ein Zimmer. Als sie eintraten, lehnte sich Novotny an die Wand und hängte die Krücken an zwei Nägeln auf.

Agnes zog ihm den Regenmantel aus, und nun stieß er sich ab. Er fiel auf die Liege.

Langsam trat Agnes an ihn heran.

„Ich bin so müde", sagte er.

„Bald hast du es geschafft."

Sie öffnete seine Hose und zerrte an ihr. Es fiel nicht leicht, die nasse Hose von den Beinen zu bekommen, und als es soweit war, klopfte sie sie aus.

Sie hängte die Hose über der Blechwanne in der Küche. Als sie zurück ins Wohnzimmer trat, löste Novotny die Schienen. Es waren Gestelle aus Eisenverstrebungen, die mit Lederriemen verbunden waren.

Wie er so dalag, auf der Liege, wirkte er kleiner und schwächer als sonst. Die Beine waren vernarbt, die Haut war wulstig und von kleinen Kratern übersät.

Agnes nahm die Wolldecke vom Fußende und deckte ihn zu.

„Gib mir den Hörer", sagte er.

Er stützte sich auf und klemmte ihn sich zwischen Ohr und Schulter. Dann drehte er an der Wählscheibe. „Verbinden Sie mich mit der Hafendeputation."

Es blieb ruhig.

Agnes setzte sich auf einen Hocker. Das Regal an der Wand wirkte kahl, obwohl Novotny einige Erinnerungsstücke darin aufbewahrte. Eine Wurzel, ein Stein, eine Flasche, die Statuette einer nackten Frau.

„Dann verbinden Sie mich mit dem Seewetterdienst", sagte Novotny gereizter, „es muss doch jemanden geben..."

Wieder blieb es ruhig.

„Wie können Sie sagen, alles ist sicher? Ich habe das Wetter doch erlebt. Wissen Sie, wie es da draußen zugeht?"

Es blieb ruhig.

Agnes hörte eine leise Stimme aus dem Hörer und dann ein leichtes Knacken.

Ratlos lag Novotny da, den Hörer in der Hand. Langsam legte er ihn auf die Gabel.

4

Agnes ging unruhig in der Wohnung herum. Manchmal, wenn sie am Fenster stand, meinte sie jemanden zu hören, in der Küche oder draußen an der Tür. Doch wenn sie nachsah, war da niemand, waren es nur die Geräusche des Sturms, das Klappern der Fensterläden, ein Baum, der sich im Wind bog und dessen Zweige an der Hauswand kratzten.

Sie steckte sich eine Zigarette an, drückte sie jedoch gleich wieder aus.

Sie konnte nichts tun. Sie hatten in der Wohnung weder Telefon noch Radio. Ihr blieb nichts anderes übrig als abzuwarten.

Plötzlich klopfte es. Es war ein kräftiges Klopfen. Agnes lief an die Tür, und als sie öffnete, sah sie zwei Gestalten im Flur. Sie trugen Ölzeug, und Agnes erkannte sie nicht sofort. Eine der Gestalten zog die Kapuze vom Kopf.

Jetzt war es, als explodierte etwas in ihr, und sie umarmte ihren Mann und ihren Sohn.

„Ein Schietwedder", sagte Heinrich.

„Ach, jetzt habt ihr es geschafft", sagte sie. Ihr Herz klopfte bis an den Hals.

Heinrich und der Junge zogen sich aus und trockneten sich ab. Agnes hängte ihre Kleider über eine Leine, die in der Küche gespannt war. Erst jetzt fühlte sie, dass sie sehr müde war.

Während sich Heinrich ein Bier öffnete und die Füße hochlegte, zog Karl sich in sein Bett zurück, das in einen Wandschrank gebaut war.

Heinrich hatte den Wandschrank vor wenigen Jahren ausgebaut. Es war ein großer Einbauschrank, in einem toten Winkel des Wohnzimmers, beinahe so, als könnte man ihn begehen. Ein zusammengekauertes Kind fände dort jedenfalls gut Platz, hatte Heinrich gesagt, eine Matratze hineingelegt und ein Kabel mit einer Lampenfassung, das sollte reichen, hatte Heinrich gesagt und die Hände in die Hüften gestemmt, als er mit dem Ausbau des Schrankes fertig war. Seither bezeichnete er den Wandschrank oft als „das Kinderzimmer" und lachte darüber.

Am letzten Schultag, als Karl nach Hause kam, hatte Agnes sein Lieblingsgericht gekocht, Birnen, Bohnen und Speck.

Mehrmals war Heinrich mit Karl losgezogen. Er war mit ihm auf dem Arbeitsamt gewesen, hatte ihn Vorarbeitern vorgestellt und Verwaltern. Doch immer wenn sie zurückkamen, schien es Agnes, als ob Karl seine Schultern hängen ließe. Er wirkte schwächlich auf andere, das wusste sie, doch wie konnten sie diese Männer vom Gegenteil überzeugen?

Und dann verschwand der Junge wieder stundenlang in seinem Wandschrank, als zöge er sich von der Arbeit in seine Bücher zurück.

Wenn Heinrich darüber sprach und sein Blick auf die Schranktür fiel, schien es Agnes, als wäre dieser Blick zunehmend von Ablehnung erfüllt. Oft ging er am Abend an die Zuckerdose in der Küche, wo sie das Ersparte aufbewahrten, kramte den Schlüssel hervor und verschloss den Schrank, um Ruhe zu haben, mit Agnes und sich selbst.

Karl schien das nicht zu stören. Er saß im Wandschrank und las Romane, die er sich stapelweise aus der Bücherhalle mitnahm, und wenn Agnes nachts an den Schrank schlich, die Tür wieder aufsperrte, meinte sie durch das Furnierholz den ruhigen Atem seines Schlafes zu hören.

Als sich Karl jetzt auf sein Bett legte, schlief er auf der Stelle ein.

III

1

Sie befanden sich in einem schmalen Ewer mit gebrochenem Mast. Die Elbe war aufgepeitscht. Der Blick reichte bis zur nächsten Welle. Wasser schwappte in das Boot. Menschen versuchten hineinzuklettern. Heinrich zog sie herein. Der Ewer bekam Schlagseite. Karl hatte Angst, das Boot könnte kentern. Er warf sich auf die andere Seite, und plötzlich riss der Traum ab.

2

Karl tastete die Wand entlang. Er fühlte die Bücher, die er zuletzt aus der Bücherhalle ausgeliehen hatte, die Leselampe, den Lichtschalter. Als er ihn drückte, blieb es dunkel. Das war nicht ungewöhnlich. Ein Wackelkontakt, dachte er, und drückte das Kabel an, schob es hin und her. Er drehte die Birne fester in die Fassung. Es blieb dunkel.

Die Schranktür war verschlossen, wie immer in der Nacht. Er trommelte dagegen und rief nach der Mutter, dem Vater. Er drückte sich leicht gegen die Tür, um zu hören, ob jemand antwortete – nichts als das Heulen des Windes war zu hören. In diesem Moment knackte es leicht, die Schranktür sprang auf. Im ersten Schreck fuhr er mit den Fingern über die Tür, das Schloss. Es schien nichts kaputtgegangen zu sein, der Schlüssel steckte. Karl kroch zurück und zog die Tür soweit wie möglich an den Schrank. Er lauschte und horchte nach dem Atem der Eltern.

Langsam tastete er sich wieder nach vorn.

Er war allein, das spürte er nun.

Er setzte sich ans Fenster. Auch draußen war es dunkel. Die Straßenlaternen tanzten im Sturm, im Tosen des Wetters war kaum etwas zu erkennen.

3

Eigentlich mochte er den Regen. In der Sommerhitze sehnte er ihn herbei und nun, im Winter, war ihm der Regen lieber als der Schnee, da der Schnee das Eis mit sich brachte. Dann durchzogen Eisbrecher den Hafen, schoben große Eisschollen vor sich her bis hinter die Elbbrücken, wo kein Frachter mehr fuhr. Dort blieben sie, über- und ineinander geschoben und verkantet froren sie allmählich zu einer arktischen Landschaft. So stellte sich Karl die Pole vor, die Eisberge, von denen er im Unterricht gehört hatte.

Er dachte daran, dass dem Vater die Arbeit auf den Schiffen besonders schwerfiel, wenn es schneite. Wenn sie dann abends am Küchentisch saßen, trank Heinrich den Grog gierig in sich hinein. Mit leerem Blick schüttete er nach jedem Schluck etwas Rum in das Teeglas, sodass das Getränk mehr danach roch.

Abends besserte Heinrich sein Ölzeug aus, fettete, wenn es spröde war, die Nähte und Falten, während Karl Essen aufwärmte, das die Mutter vorbereitet hatte. Sie arbeitete abends in der Kogge, sodass Vater und Sohn allein am Tisch saßen und die Suppe wortlos in sich hineinlöffelten. Karl das Buch, das er gerade las, neben sich auf dem Tisch und darin lesend.

Argwöhnisch beäugte Heinrich, was Karl dort las.

Oft stellte er sich ans Fenster, schnupfte Tabak oder ging unruhig durch die Wohnung, auch wenn er müde war, immer wieder zu Karl hinüberblickend.

„Eine Arbeit", sagte er einmal, als sie sich abends gegenübersaßen, „alt genug bist du." Er nahm die Tabakdose, sah lange darauf, wie sie auf der schwieligen Hand lag, in deren Furchen sich der Schmutz und Staub des Hafens mit Schnupftabak vermischt hatte.

Dann war es ein kurzer Dreh des Deckels. Karl kannte den Mechanismus, mit dem die Dosen einen kleinen Spalt zu öffnen waren, gerade genug, um eine kleine Menge Tabak auf die Hand zu klopfen. Früher hatte der Vater ihm die Dosen geschenkt, wenn sie leer waren.

4

Am nächsten Tag begleitete Karl den Vater in den Stall, von dem die Schauerleute zur Tagesschicht aufbrachen. Der Vater ging an den Schalter, um sich registrieren zu lassen.

Ein Mann saß hinter dem Tresen. Er rauchte und trug die Brille auf der Mitte der Nase.

„Ich habe meinen Sohn mitgebracht." Der Vater griff hinter sich und zerrte Karl an den Schalter.

„Name?"

„Karl ist das", sagte der Vater, „mein Junge. Ob er mal mitkommen kann, wollte ich fragen, sich alles angucken."

„Ist er registriert?"

Der Vater schüttelte den Kopf.

„Das wird nichts", sagte der Mann und blickte auf die Liste, die vor ihm lag.

„Ich bin Heinrich Blomstedt", sagte der Vater.

Der andere trug den Namen in die Liste.

Sie warteten in der Halle. Aus der Dunkelheit des frühen Morgens kamen die Schauerleute nach und nach herein.

Heinrich führte Karl herum. Männer lehnten an der Wand, saßen auf dem Fußboden und dämmerten vor sich hin, manche rauchten Zigaretten, andere spielten Karten.

Er habe sich einen Ruf erarbeitet, in den letzten Jahren, sagte Heinrich mit wichtiger Miene. „Ich bin immer der erste im Stall, wenn ich mich da anmelde." Er wies auf den Schalter. „So bin ich auch unter den ersten, die eine Arbeit bekommen." Wenn er früh genug ausgewählt werde, helfe er bei der Suche nach den weiteren Schauermännern, Kollegen für diesen Tag.

„Das ist mir lieber so." Er legte den Arm um Karls Schulter und zog ihn zu sich heran. „Die arbeiten sehr verschieden", flüsterte er, „je nachdem, wann sie zuletzt getrunken haben."

Selten hatte Karl den Vater so redselig erlebt. Seine Stimme war gedämpft, als er ihm von der Arbeit erzählte, wie er half, die Schiffe zu löschen, Säcke schleppte und schwere Sackkarren in die Speicher schob. Doch plötzlich verstummte er.

Ein Mann war eingetreten. Er war klein und trug einen blauen Mantel. Er nahm die Mütze vom Kopf und ließ den Blick durch den Raum schweifen.

Die Männer stellten sich auf. Manche standen nebeneinander, bemüht, von ihm gesehen zu werden, die jüngeren lungerten betont lässig in Grüppchen beieinander herum.

Der kleine Mann räusperte sich. „Ich brauche dreiundzwanzig", sagte er mit brüchiger Stimme.

Karl wurde vom Vater nach vorn geschoben und sah, wie der Kleine zwischen den Männern umherging, manche kurz ansah und Zettel verteilte.

„Der teilt uns alle ein, der Stauerviez", flüsterte der Vater.

Der Mann blieb vor Karl stehen und blickte ihm lange ins Gesicht. Konzentriert sah Karl zu Boden und hörte das Gemurmel um ihn herum.

Hinter ihm trat jemand ein, kalte Luft zog in den Raum.

„Willst du bei uns anfangen?", fragte der Stauerviez.

Karl nickte und blickte kurz in dessen Gesicht.

„Wie alt bist du?"

„Fünfzehn."

Der andere tastete Karls Oberarm ab und nickte langsam. Dann ging er in den hinteren Teil des Raums. Karl wandte sich nach Heinrich um, der die Mütze abgenommen hatte und ihn ansah.

„Komm her", sagte der Stauerviez.

Zwischen ihm und Karl hatte sich ein schmaler Korridor gebildet, durch den Karl nun ging. Er spürte die Blicke der Arbeiter, als er auf den anderen zutrat.

„Wollen wir doch mal sehen, was du drauf hast." Zu seinen Füßen befand sich ein Sack. Er trat einen Schritt zurück und sah Karl dabei an. „Heb ihn auf."

Karl ging in die Hocke. Er umfasste den Sack. Durch den festen Stoff fühlte er Gegenstände aus Eisen, Werkzeuge, vermutete er. Der Sack war schwer, das Leinen glitt ihm durch die Finger, wenn er versuchte, es hochzuzerren. Er umfasste das Bündel, mehrfach versuchte er, es zu wuchten, doch der feste Stoff rutschte zwischen den Armen hindurch. Und dann bekam er plötzlich etwas zu fassen. Er drückte mit der anderen Hand dagegen und hievte das ganze Bündel ein Stück weit hinauf. Das Blut schoss ihm bis unter die Schädeldecke, er zitterte, und dann ließ er alles fallen.

Es blieb ruhig. Karl hörte nichts als den eigenen Pulsschlag. Er blickte zu Boden.

Er spürte eine Hand auf der Schulter.

„Ist gut", flüsterte Heinrich.

Langsam verließ Karl den Raum und wandte sich nicht um.

5

Sie verloren darüber kein Wort. Wenn sie frühmorgens am Küchentisch saßen, zu dritt, Haferbrei aßen, löffelte Heinrich den Brei wortlos in sich hinein, stand dann auf, um aufs Klo zu gehen. Karl machte sich bereits fertig, um mit ihm in den Stall zu gehen. Immer wieder zwang er sich dazu, nicht zur Wohnungstür zu blicken, durch die der Vater vom Gangklo kommen würde. Er wünschte sich, dass er ihn nicht mitnahm, sondern wieder zu Hause bleiben konnte.

Die Wohnungstür öffnete sich. Die Augen des Vaters waren hellwach, als ob er die Müdigkeit auf der Toilette abgelegt hatte, und so ging er in die Küche, füllte wortlos das Essen in den Henkelmann und verschwand in den noch dunklen Morgen.

Für Karl begann mit dem Verschwinden Heinrichs der Arbeitstag. Er begleitete die Mutter in die Kogge, trug ihr die Speisen, die sie zu Hause vorbereitet hatte. Dann ging er über den Markt, machte Besorgungen. Kasseler und Kohlwürste bei rotbäckigen Fleischhauern, die die Würste wie Girlanden aufgehängt oder in Pyramidenform aufgetürmt hatten und in den Momenten, in denen sie nichts verkauften, aus großen Kisten Fleisch holten und mit schnellen Bewegungen entbeinten. Karl kaufte Rot-, Grün-, Rosenkohl, Steckrüben, Kohlrabi, Pastinaken und Wurzeln, die alte Frauen und Männer anboten. Ihre Gesichter und Hände waren tief zerfurcht und das Gemüse, dass sie oft einfach nur auf dem Boden ausgelegt hatten, hielten sie Karl hin wie etwas sehr Kostbares, kratzten die Erde herunter und präsentierten die schönsten Stücke. Dabei suchte Karl die schadhaften, die fauligen Stellen, die billiges Gemüse immer hatte.

Wenn er vor einem Stand wartete, bis er an der Reihe war oder im Gehen, bekam er von der Umgebung kaum etwas mit. Manchmal rief jemand etwas: „Mensch

Junge, schau nach vorn." – „Ist das Heinis Junge?" – „Nur Flausen im Kopf."

Als er zurück war, trug er Kohlen in die Wohnung, putzte das Treppenhaus und fegte die Küche, den Wohnraum.

Dann blickte er auf die Küchenuhr, deren stetes Ticken die ganze Wohnung erfüllte, holte ein Buch hervor und las. Oft vergaß er die Zeit über dem Lesen, vertiefte sich in das, was passierte – Buck, der mit den Kidnappern kämpft und dann mit dem Zug nach Frisco verschleppt wird –, und dann war es plötzlich eine Hand, die sich dazwischen schob und Karl der Welt entzog.

Der Vater legte das Buch auf den Schrank, wo es immer gelegen hatte, auch schon, als Karl noch zu klein war, um es von dort herunterzuholen.

„Nur Lesen hast du im Kopf", sagte der Vater. „Ab in die Küche."

Karl beeilte sich – er stellte die Töpfe auf die Platte –, um den Eintopf aufzuwärmen. Heinrich saß schon am Tisch und trank Bier, während Karl die Teller holte, das Besteck und Heinrich verstohlen ansah.

An diesem Abend, wenige Wochen, nachdem Karl im Stall gewesen war und vom Stauerviez geprüft worden war, blickte der Vater von der Suppe auf und lehnte sich zurück.

„Der Stauerviez war heute bei mir."

Karl blickte ebenfalls auf, doch Heinrich sah an ihm vorbei.

„Er will sich ansehen, wie du arbeitest." Heinrich, der die Suppeneinlage schon ausgelöffelt hatte, setzte jetzt das Schälchen an die Lippen und trank die Brühe aus.

„Was gibt es zu tun?", fragte Karl.

„Stückgut oder Bananen." Heinrich wischte sich mit dem Ärmel über den Mund.

Karl löffelte weiter.

Heinrich holte die Schnupftabakdose aus der Hosentasche, spreizte den Daumen ab, sodass die Sehnen am Handgelenk eine Mulde bildeten. Er klopfte ein braunes Häufchen hinein, hielt sich das Nasenloch zu und führte das andere darüber. Es war ein kurzes Schnupfen, dann wischte er sich mit einem alten Taschentuch unter der Nase entlang.

„Eine halbe Schicht für den Anfang", sagte Heinrich. „Wenn du gut bist, bleibst du."

Karls Hand zitterte über dem Teller. Er legte sie auf den Tisch und wartete, bis sie ruhiger wurde.

Heinrich blickte auf die Hand, und ohne aufzusehen sagte er: „Korn. Das hilft." Er holte den Flachmann hervor und hielt ihn vor Karl hin.

Karl nahm einen Schluck. Er musste husten, er spürte ein leichtes Schwindelgefühl, eine Wärme breitete sich in ihm aus, wie er sie noch nie erlebt hatte.

„Morgen gibt es den nächsten", sagte Heinrich und steckte den Flachmann ins Hemd.

Er ging in den Flur, zog sich die Schuhe an, verließ die Wohnung, und als er wieder kam, ging auch Karl auf die Toilette.

6

An diesem Abend hatte sich Heinrich auf den Stuhl gesetzt, eine Zigarette angesteckt und die Zeitungen durchgeblättert, die Agnes regelmäßig aus der Kogge mitbrachte.
Karl hatte den Tisch abgeräumt und abgewaschen.
Immer wieder zogen dieselben Gedanken durch seinen Kopf, Erinnerungen an den Stall, den Schalter, den Stauerviez. Wenn er es nicht schaffte, den Anforderungen nicht genügte, die Waren falsch sortierte oder verpackte, wie sah die Arbeit eigentlich aus?

Er nahm ein Buch zur Hand und legte sich hin. Doch seine Gedanken drifteten immer wieder ab. Er löschte das Licht und lag in der Dunkelheit.
Er hörte, wie Heinrich die Wohnung verließ und wie er nach mehreren Stunden zurückkam. Und er hörte, dass der Vater nicht allein war, unsichere Schritte im Flur und dann ein rhythmisches Geräusch, das er zuerst nicht einzuordnen wusste, ein Seufzen und schließlich den schweren Atem des Vaters.

Am frühen Morgen musste Karl eingeschlafen sein. Im Erwachen war sein Kopf schwer. Dann wurde die Müdigkeit von der Aufregung verdrängt.
Seine Schranktür war offen, und beim Frühstück sah ihn die Mutter an, mit Sorge und Freude.

Die Straße war überfroren, der Vater sprach nicht viel.
Er ging schnellen Schrittes voraus, als sei Karl nicht da-
bei. Heute erschien Karl der Weg weiter als zuletzt.
Als sie den Stall betraten, war Karl mulmig zumute.
Heinrich, der versuchte, seine Nervosität zu überspie-
len, ging an den Schalter und meldete zuerst sich an und
dann Karl. Karl stellte sich dazu und beobachtete, wie
Heinrich einige Formulare ausfüllte und ihm hinschob.
„Hier", sagte er und wies auf die Stelle, an der Karl
unterschreiben sollte.
Karl versuchte schön zu schreiben, doch da seine Finger
klamm waren, gerieten die Schleifen groß und eckig, die
Bögen klein, ein Kontrast zur Schreibmaschinenschrift
des Formulars und zur Schönschrift des Vaters.
Der Stauerviez betrat den Stall.
„Ein Trampschiff", sagte er, „es kommt von Südame-
rika durch den Ärmelkanal direkt nach Hamburg." Er
ging durch die Reihen, sah die Männer aufmerksam an
und verteilte kleine Zettel. „Morgen wird es neu bela-
den, wir müssen alles löschen. Dafür brauche ich gute
Leute." Sein Blick fiel auf Fiete. „Hier macht mir keiner
einen Larry, kapiert?"
Die Anwesenden murmelten etwas. Der Mann hinter
dem Schalter war aufgestanden und putzte seine Brille
am Pullover.
„Auch du nicht, Fiete?"
„Ich arbeite wie eine Eins", sagte Fiete und schmunzelte
ein wenig.
Der Stauerviez gab ihm einen Zettel. Dann ging er weiter.

Sobald die Arbeiter einen Zettel bekommen hatten, wich die Anspannung aus ihrem Gesicht, nachlässig stellten sie sich nahe der Tür auf. Auch einige Stammgäste der Kogge waren unter den ersten, die ausgewählt wurden, Jens, Fiete, und als der Vater ausgewählt wurde, stellte er sich an den Rand der Gruppe. Er sah mit festem Blick auf den Stauerviez und beobachtete die Szene, als dieser auf Karl zutrat.

„Wir brauchen noch einen." Der Stauerviez sah ihn aufmerksam an. Er machte eine Bewegung mit dem Kopf zu der Ecke des Raums, in dem Karl neulich den Sack hochgehievt hatte. „Da hattest du ganz schön Mühe."

„Fleißig ist er, kann gut anpacken, und hart im Nehmen ist er auch", sagte Heinrich.

Der Stauerviez beachtete ihn nicht.

„Hast du eine Ausbildung?"

„Er hat die Schule abgeschlossen", sagte Heinrich.

„Hier haben alle eine Ausbildung, ich kann doch keine Schüler nehmen." Er ließ Karl nicht aus den Augen. „Dein Vater hier liegt mir seit Wochen in den Ohren, dass du mal mitarbeiten darfst."

„Sind wir hier beim Samariterbund?", mischte sich einer von den Arbeitern ein, die nicht genommen worden waren, „wir haben doch gesehen, wie wenig Schmalz dieses Bürschchen hat."

„Still", sagte der Stauerviez mit ruhiger Stimme, er wandte sich schon zum Gehen. Jetzt plötzlich spürte Karl etwas in der Hand. Es war ein Zettel, und im ersten Moment wusste er nicht, was er damit tun sollte.

„Für heute kannst du bei uns anheuern", sagte der Stauerviez im Gehen.

Die Arbeiter stellten sich auf das Deck der Barkasse, manche saßen auf den Holzbänken an der Reling, Heinrich und Fiete beieinander. Sie unterhielten sich gedämpft und blickten immer wieder zu Karl herüber. Im Wellengang vorüberfahrender Frachter schaukelte das Boot, Gischt spritzte herein.

Karl stellte sich an die Reling, wo die Bank für einen kleinen Winkel unterbrochen war, und blickte auf die Kaischuppen, langgestreckte Gebäude, die erst vor wenigen Jahren errichtet worden waren. Karl musste an einen Lesebogen denken, den er in der Bücherhalle gelesen hatte, das dünne, glatte Papier des Einbands, der Geruch und der schmutzige Belag auf den Fingern, als er das Heftchen ausgelesen hatte, „Schiffe im Hafen", ein Heft, das auf wenigen Seiten den ganzen Hafen beschrieb, die Lagerhallen, die inzwischen riesige Ausmaße annahmen, etwa vierhundert Meter lang und fünfzig Meter breit waren, da der Beton ihrer Träger und Wände mit Stahlstreben durchsetzt war, damit sie auch den stärksten Stürmen und Unwettern standhielten.

An einem Seitenarm der Elbe befand sich der Speicher, den die Barkasse nun anfuhr. Eine Leiter war in die Kaimauer eingelassen, an der die Barkasse hielt. Der Schiffsjunge schien Karl wenig älter als er selbst. Er stellte sich an die Reling und vertäute das Boot. Noch während er das tat, kletterten die Arbeiter hinauf. Karl, der die Szene beobachtet hatte, war der letzte, der auf den Kai kletterte.

„Bist du schon lange dabei?", fragte jemand. Der Mann war gepflegter angezogen als die Arbeiter, hager und trug eine Brille, die die nervösen Augen vergrößerte.

Karl schüttelte den Kopf.

„Das habe ich gleich gesehen, dass du neu bist." Der Mann klemmte seine schmale Ledertasche unter den Arm und zündete sich eine Zigarette an. „Hier im Hafen ist man immer neu. Die Arbeit ändert sich jeden Tag. Aber die Menschen sind manchmal dieselben. Man trifft immer wieder ein bekanntes Gesicht. Fiete da drüben, Heinrich, die kenne ich schon eine ganze Weile." Nachdenklich nahm er einen Zug aus seiner Zigarette und blickte auf das Schiff.

Die Schauerleute gingen über die Gangway.

Jemand hielt Karl zurück, es war Heinrich.

„Nimm dich vor dem in acht", flüsterte er. „Der Tallymann ist das. Zählt die Sachen, die wir verladen, für die Reeder. Dass alles auch ankommt, verstehst du?"

Karl nickte. Er blickte zu dem Tallymann hinüber, der seine Zigarette ausdrückte und dann fortschnippte.

„Wir sind in der Bilge eingeteilt", sagte Heinrich. Sie stellten sich an die Luke. Mit Metallplatten war sie abgedeckt. Ein Besatzungsmitglied wechselte einige Worte mit dem Stauerviez. Dann hob er die Platten an und schob sie beiseite.

Karl konnte in die Laderäume sehen. Sie erstreckten sich über zwei Stockwerke und den Ladungsraum im Kiel des Schiffes.

„Die Bilge ist da unten, im Kiel", sagte Karl, „unter dem Wasserspiegel."

Heinrich nickte. „Stückgut. In wenigen Stunden wird das Schiff leer sein, und du wirst deinen Teil dazu geleistet haben."

Die Kaiarbeiter hatten den Ladekran an das Schiff herangefahren. Nun kletterten die Schauermänner über Leitern in die Laderäume. Karl nahm mehrere Sprossen auf einmal, wie es Fiete getan hatte, der nun dort stand und auf die anderen wartete.
Heinrich kam auf Karl zu und reichte ihm ein Werkzeug.
„Der Handhaken ist das", sagte Heinrich. Es war ein abgegriffenes Werkzeug, das gut in der Hand lag.
„Danke", sagte Karl.
„Die Ware darf nicht kaputtgehen. Gut aufpassen", sagte Heinrich und blickte ihn streng an. Dann nahm er ihm den Haken aus der Hand und hängte ihn an Karls Gürtel.

In der Bilge befanden sich verschiedene Fässer, Kisten, Ballen mit Textilien und in Papier und Karton verpackte Dinge. Sie waren festgezurrt und nach einem festen System miteinander verkantet.
Der Tallymann ging an ihnen entlang und zählte sie ab. Flink zog er eine Liste aus seiner schmalen Lederaktentasche, trug einige Zahlen ein.
Im Nu war der gesamte Laderaum, eingeteilt in verschiedene Sektoren, ein einziges Gewusel. Ein vielstimmiges Gebrüll setzte ein, und dazwischen rannte der Raumviez umher, der mit hektischen Bewegungen die Schauer herumkommandierte, wann welche Dinge zu löschen

waren, und den Fortgang der Arbeit überwachte. Er gab dem Tallymann Zeichen, zitierte ihn herbei, wenn Dinge schadhaft waren, und mit großen Gesten signalisierte er dem Lukenmann, den Kran herbeizurufen.

Heinrich und Karl lösten die Stapel und Ballen voneinander und trugen die Waren in die Mitte der Bilge, unter die Öffnung des Lukenschachts.

Der Raumviez beobachtete eine Weile ihre Arbeit. Karl bemerkte, dass Heinrich ihm kleinere Pakete anreichte, die er leichter tragen konnte. Unter den Augen des Raumviezes fühlte sich Karl langsam und unbeholfen. Aufmunternd schlug Fiete ihm im Vorübergehen auf die Schulter.

„Du machst das nicht schlecht." Der Raumviez hielt ihn zurück. „Aber du musst schneller werden", sagte er eindringlich. „Wenn du so weitermachst, sind wir morgen noch nicht fertig." Er nickte Heinrich zu und ging weiter.

Karl arbeitete noch schneller. Der Schweiß rann ihm in Strömen herab, lahm fühlten sich seine Arme an. Er versuchte sie zu ignorieren und war dennoch erstaunt, wie viel sie tragen konnten.

Mit den Handhaken hoben, zogen und kanteten sie die Kisten, Fässer, die Ballen und brachten sie unter die Ladeluke. Dort waren Netze und Schlingen ausgelegt, auf die die Waren gebracht und zu Bündeln verschnürt wurden. Der Tallymann rannte und klebte eine kleine Marke darauf. Er trug eine Schiefertafel bei sich, auf der er pro Marke einen kleinen Strich machte.

Indessen brüllte der Raumviez und gab einige Zeichen, wenn der Haken des Krans im Laderaum ankam, an den die Waren gehängt wurden. Der Kran zog sie über die verschiedenen Ebenen hinauf und aus dem Schiff, begleitet vom Klang der Winde, die das Stahlseil auf- und abrollte.

In den Laderaum fiel das Tageslicht nur schwach durch die Ladeluke. Karl, der keine Uhr bei sich trug, bemerkte nur am Fortgang der Arbeit, wie die Zeit verstrich. Er bemühte sich, so schnell zu arbeiten wie seine Kollegen. Fiete arbeitete in seiner Nähe und nestelte zwischendurch immer wieder an seinem Gürtel, der Tasche herum, und so blieb Karl mit ihm gleichauf. Oft gingen sie gemeinsam an die Stapel, und Fiete, der kleiner und dünner war als Karl, hob die schweren Lasten scheinbar spielerisch auf die Schulter und trug sie davon. Karl bemühte sich, ähnlich große und schwere Bündel zu nehmen, und wenn es ihm nicht gelang, rief Fiete ihm zu, er müsse wohl noch ein paar Butterbrote mehr essen. Da lachte auch der Raumviez und sagte zu Karl: „Falls du wiederkommst, hast du mehr Schmalz, sonst wird das hier nichts."

„Ich komme wieder, darauf können Sie sich verlassen." Karl war selbst erstaunt über den Ton, den er anschlug.

„Dann man los", sagte der Raumviez und wies auf ein großes Bündel. Als Karl es greifen wollte, kantete der andere seinen Handhaken darunter und wuchtete es nach oben, dass es Karl schien, als wiege der schwere Ballen nichts, und dann nahm er ihn auf den Rücken. Plötzlich war der Ballen so schwer, dass Karl unweigerlich zusammenbrechen musste.

„Du schaffst das." Der Raumviez schlug ihm auf die Schulter.

Karl biss die Zähne aufeinander und wankte nach vorne, mit jedem Schritt taten ihm die Schienbeine weh, doch er hatte keine Zeit, sich damit aufzuhalten, versuchte möglichst schnell zu arbeiten. Er hatte Schwierigkeiten, die Last nicht fallen zu lassen, als er den schweren Ballen ablud, und als er ihn nicht mehr auf dem Rücken hatte, fühlte sich Karl leicht wie eine Feder.

„So muss das", sagte der Raumviez hinter ihm. Er begann zu klatschen, wandte sich nach den anderen Arbeitern in der Bilge um und gab ein Kommando zur Pause.

Die Kollegen blickten auf die Uhr. Sie suchten sich einen Sitzplatz, und aus Stoffbeuteln zogen sie Thermoskannen und Trinkflaschen hervor, dazu aßen sie Mitnehmebrote.

Karl und Heinrich, die unter der Ladeluke saßen, beobachteten die Arbeiter der oberen Stockwerke bei der Arbeit. Heinrich holte zwei kleine Löffel aus der Tasche und hielt sie vor Karl hin.

„Beides meine", sagte er. „Einen bekommst du." Er blickte auf die Löffel und danach auf Karl.

Karl sah, wie das Metall im fahlen Licht des Frachters schimmerte. Die Löffel waren am Stiel leicht verbogen. Er wusste, dass nicht viel Zeit blieb, und griff nach dem einen.

Heinrich nickte. Er öffnete den Henkelmann, schnitt Brot für die Suppe, und Karl beobachtete indessen, wie der Ladekran die Last nach oben hievte und mit einer Drehung nach außenbords brachte, wie Lukengast, Ladungsoffizier und Stauerviez sich miteinander verständigten, und er sah, wie eine Kuh in einen Metallkorb getrieben wurde, zwei Schauer zerrten an ihr, einer schob. Immer wieder warf sie den Kopf, und als sie verzurrt und fixiert zwischen den Eisenstangen war, kletterte jemand auf den Korb, angelte den Haken des Ladekrans herbei und befestigte ihn an dem Metallkorb. Sie wurde nach oben gezogen. Die Arbeiter an den Seilwinden und auf dem Verladedeck johlten zum verschreckten Brüllen der Kuh.

Der Stauerviez kletterte mit dem Ladungsoffizier herunter. Er hatte einen hochroten Kopf. Als er in der Bilge angelangt war, gab er ein Zeichen. Die Schauerleute stellten sich so auf, dass sie einen Halbkreis bildeten, Stauerviez und Ladungsoffizier gegenüberstanden. Der Tallymann stellte sich zu ihnen. Konzentriert sah er auf eine Liste. Wenn er aufblickte, sah er über die Köpfe der Arbeiter hinweg, als weiche er ihren Blicken aus.
„Ich dulde hier keine langen Finger", sagte der Stauerviez mit seiner leisen Stimme, die selbst in dem Trubel des Löschens auf den anderen Decks gut zu hören war. „Wie oft habe ich euch das gesagt? Wer klaut, fliegt." Er blickte aufmerksam in die Runde, und jedes Gesicht fixierte er einzeln. Karl versuchte, seinem Blick standzuhalten, alles andere wäre ein Schuldeingeständnis gewesen.
„Der Tallymann", fuhr der Stauerviez fort, „ihm sind Unregelmäßigkeiten aufgefallen. Jemand von euch hat in die eigene Tasche gelöscht." Er blickte zum Tally-

mann, zum Ladungsoffizier, in die Runde. „Legt mir eure Taschen hierhin."

Ein Gemurmel breitete sich aus. Widerwillig legten die Arbeiter ihre Habe in das Halbrund zwischen ihnen und dem Stauerviez. Manche schneller, andere langsamer, und auch der Raumviez legte die Sachen vor den Chef.

Dieser hob die Beutel, Taschen, die Rucksäcke hoch, griff hinein, stülpte sie leicht nach außen und blickte in sie.

Bei einem Beutel hielt er inne.

Er hielt ihn hoch, sah in die Runde und leerte ihn aus. Einige Dinge fielen auf den Boden des Decks. Brot, Wurst, eine Trinkflasche, Seifen, Kämme und andere Kosmetika.

„Wem gehört das?"

Niemand rührte sich, obwohl alle wussten, dass dieser Beutel Fiete gehörte. Karl hatte vorhin gesehen, wie er daran herumnestelte.

„Ich frage nicht zweimal."

Es blieb ruhig.

„Heinrich, weißt du es?", wandte sich der Stauerviez an den Vater.

Heinrich wich seinem Blick aus und sah ihn dann offen an: „Freunde haue ich nicht in die Pfanne."

„Freunde also", sagte der andere und hob die Augenbrauen. Er blickte alle an, die mit Heinrich befreundet waren. Sein Blick strich an Karl vorbei und blieb lange an Fiete haften. „Ist das deins, hier?"

Fiete zögerte, dann nickte er einmal.

„Das ist nicht wahr!", schrie der Stauerviez, die Worte

betonend und so laut, dass auch die anderen Schauer an den Ladeschacht kamen und hinunterblickten.

„Diese Sachen sind nicht von dir, die gehören keinem von uns." Damit wandte er sich ab und kletterte einige Sprossen hinauf. Von dort blickte er nochmal zurück. „Ich will dich hier nicht mehr sehen – nie wieder." Dann kletterte er mit raschen Bewegungen nach oben.

Der Ladungsoffizier kletterte ihm hinterdrein.

Langsam trat der Raumviez auf Fiete zu. Er bückte sich, suchte die Sachen zusammen und ließ ihn dabei nicht aus den Augen. Als er wieder stand, hielt er die Waren dem Tallymann hin, ohne ihn dabei anzusehen. Dann legte er Daumen und Zeigefinger gekrümmt zwischen die Zähne. Er pfiff kurz und laut.

Die Schauer machten sich wieder an die Arbeit.

Fiete ging an die Leiter, blickte zu Boden und wartete einen Moment, bevor er sie langsam hinaufkletterte.

Karl blickte ihm hinterher, als die Motoren ansprangen. Ein Brausen lief durch das Schiff, als wache es auf, und das Brausen vermischte sich mit den Geräuschen der Arbeit, die aus den verschiedenen Winkeln der Laderäume zu hören waren.

9

Wind zog um das Haus, während Karl über den Arbeitstag nachdachte.

Er spähte hinaus in das Unwetter.

Laut klapperten die Läden in den Angeln, und plötzlich sprang ein Fenster auf, die Papiere des Vaters auf dem

Tisch, „Das fliegende Klassenzimmer", in dem Karl zuletzt gelesen hatte, der Geschirr-, der Schlafschrank, alles geriet in den Aufruhr des Wetters.

Karl warf sich gegen das Fenster, um es wieder zu verschließen. Zur Verstärkung klemmte er einen Span aus der Kohlenkiste zwischen Fensterrahmen und Sims. Währenddessen hörte er etwas. Ein Brausen. Ein Gebrüll. Anders als der Klang des Wetters. Es kam die Straße herauf. Menschen. Sie rannten wild durcheinander. Wie sie rannten! Er sah, wovor sie flohen. Und als er das sah, waren sie schon eingeholt. Eine Welle. In die Straße eingebrochen. Dem Hintersten riss sie die Beine unter dem Körper weg. Er prallte gegen einen Baumstamm. Dann war alles vom Wasser erfüllt. Die Straße, das Bett eines reißenden Stroms.

Unten pochte es heftig gegen das Haus. Karl schien es, als wackelten die Wände. Als reiße das Wasser das Haus mit sich. Autos, Treibholz. Das Wasser nahm mit, was es fassen konnte. Ein Mann kämpfte sich aus der Flut. Hob den Kopf. Das Gesicht verzerrt. Ein Schrei gellte zwischen den Hauswänden. Dann geriet er aus dem Blickfeld. Der Schrei verstummte. Im nächsten Moment, als er wieder hervor gespült wurde, war der Mann nur noch ein Bündel, in dem Karl in einer anderen Situation keinen Menschen erkannt hätte.

Er versuchte in die Dunkelheit hinauszuspähen. Vereinzelte Funzeln, Taschenlampen in der Nacht, schemenhaft, da ihre dünnen Lichtkegel von den Regenschwaden verdeckt wurden. Der flackernde Schein, den sie in die Gegend warfen, beleuchtete sie kaum.

Dem, was Karl sah, war schwer zu trauen. Was vertraut

war, war verdeckt von einer Wassermasse, die in der Straße stand.

Hatte die Flut aus dem Hafen Wilhelmsburg erreicht? Wo waren die Eltern? Waren sie draußen, in dem Chaos?

Er war so müde, dass er nicht wusste, ob er träumte, und über diesen Gedanken schlief er ein.

Die Eindrücke des Abends wurden von einem traumlosen Schlaf überspült, und als er aufwachte, klopfte jemand an die Wohnungstür.

IV

1

Plötzlich schrak sie auf. Agnes suchte das Zimmer ab. Wo befanden sie sich? Der Tisch, das Bett, der Schrank. Neben ihr Heinrich, schlief fest.

Langsam erkannte sie die Klänge, kehrten Erinnerungen zurück. Sturmflut war angekündigt, Jens hatte davon erzählt, Heinrich.

Plötzlich dachte sie an Novotny. Was war mit ihm, wenn es ein Hochwasser gab? Dort in der Wohnung, die im Erdgeschoss lag, konnte er sich unmöglich allein retten.

Sie rüttelte an Heinrich. Er drehte sich um. Sie legte sich auf ihn. Der Brustkorb hob und senkte sich in schwerem Atem.

„Heinrich", sagte sie eindringlich und doch leise, um den Jungen nicht zu wecken. „Heinrich", flüsterte sie in sein Ohr. Er warf den Kopf hin und her, um sie abzuwehren und seine Ruhe zu haben. Und dann schlug er die Augen auf, sah sie an.

„Novotny", sagte sie. „Wir müssen ihm helfen."

Schlaftrunken murmelte er etwas.

„Wenn es Hochwasser gibt", sagte sie. „Er sitzt dort in der Wohnung."

Heinrich nickte, doch schien er sie nicht zu verstehen.

Sie stand auf und zog sich an, entschlossen, Novotny notfalls allein zu helfen.

Heinrich setzte sich auf und blieb so sitzen. Er schien nachzudenken, während sie sich die Schuhe anzog.

„Was ist mit ihm?", fragte er. „Dass du etwas sagst, habe ich geträumt."

„Das Wetter", erwiderte sie und hielt inne, „es ist mir nicht geheuer. Wir müssen ihm helfen."

Er ging an das Waschbecken, klatschte sich Wasser in Gesicht und Nacken.

„Gut", sagte er.

2

Als sie die Tür öffnete, war die Straße finster. Über die Schulter zurückblickend konnte sie Heinrich sehen, seinen Blick, der wach war und klar, als sei er nicht gerade erst von ihr geweckt worden.

Nun zog er die Kapuze über den Kopf und zurrte sie so fest, dass nur Augen und Nasenrücken frei blieben. Anschließend half er ihr dabei, die Kapuze fest zu ziehen.

Sie rannten die Straße hinauf. Grob packte Heinrich ihren Oberarm. Gegenstände schlitterten vorüber. Dachschindeln schlugen neben ihnen ein und zerbarsten auf der Straße. Sie duckten sich weg und warfen sich auf den Boden, den Kopf mit den Händen abschirmend. Agnes ging voraus, während Heinrich sich an ihren Schultern festhielt. In der Dunkelheit waren ihre Augen besser, und den Weg zu Novotny war sie schon oft gegangen.

In diesem Moment brach Wasser in die Straße ein – lauter als der Sturm. Die Welle riss Straßenschilder mit sich, Autos und einige Kisten.

Heinrich brüllte dicht an ihrem Ohr.

Es war nicht mehr weit zu Novotnys Haus, doch vor der Welle schafften sie es nicht. Sie umschloss Agnes im Nu, riss sie mit sich, dass Agnes auf den Boden prallte. Im Wasser ließ Heinrich sie nicht aus der Umklammerung. Sie prallten an ein Auto, an die Hauswand, Agnes spürte einen Schmerz, als werde sie zerrissen, sie schlug um sich im Versuch, sich frei zu kämpfen.

Dann prallte sie an die Tür und hielt sich fest. Sie griff nach Heinrich, der fortgerissen wurde, und bekam seinen Arm zu fassen.

Er rief etwas.

Sie spannte die Arme an und zog ihn langsam an sich heran. Sie fühlte, dass die Kraft ihre Arme verließ. Die Tür wurde eingedrückt und riss sie mit in das Innere des Hauses. Sie wurden nach unten gezogen, Agnes prallte an die Kellertür. Sie arbeitete gegen die Strömung an. Etwas riss sie nach oben, und als sie aus dem Wasser war, sah sie das verzerrte Gesicht Heinrichs. Sie spürte festen Grund unter sich und kämpfte sich hinter Heinrich die Treppe hinauf.

Auf dem Treppenabsatz zu Novotnys Wohnung standen sie knietief im Wasser.

Heinrich trat gegen die Wohnungstür, warf sich dagegen. Es bewegte sich nichts. Er blickte sich um, presste sich dagegen. Das Holz knackte, und plötzlich sprang die Tür auf.

Sie brachten das Wasser mit in die Wohnung, es verteilte sich in die engen Räume.

Novotny lag auf dem Bett, so wie sie ihn zurückgelassen hatte. Jetzt hob sich das Bett und schnellte gegen das Regal am Ende des Zimmers. Novotny blickte sich um. „Heini", rief er, „wird auch Zeit, dass ihr kommt." Er hielt Heinrich die Arme entgegen.

Heinrich sagte nichts, umfasste Novotnys Bauch. So hievte er ihn auf die Schulter. Agnes rannte zur Wand und holte die Krücken herunter, aus dem Regal griff sie eine Kerze und Streichhölzer. Da war Heinrich mit Novotny schon an der Wohnungstür. Mit gemessenen Schritten ging er langsam nach oben, wo das Wasser nicht war. Er setzte ihn auf den Treppenstufen ab.

„Das war knapp", sagte Novotny. „Das Wetter war mir gestern Abend schon nicht ganz geheuer."

Agnes fasste unter ihre Jacke, zog die Kerze hervor und einen Flachmann. Sie versuchte die Kerze anzuzünden. Da sie nass geworden war, knisterte der Docht, dann wurde die Flamme größer, und als Agnes das Streichholz zurückzog, tanzte die Flamme auf der Kerze, wurde lang gezogen, dann klein gedrückt. Im Lichtschein fiel Novotnys Blick auf den Flachmann.

„Ein Schluck kann jetzt nicht schaden", sagte er.

3

Agnes war zurückgegangen in die Wohnung. Alte Decken und Kleider hatte Novotny im Schrank über der Tür.

„Bangbüx bin ich nicht, aber das war knapp", sagte Novotny gerade, als Agnes wieder im Treppenhaus war.
„Die nassen Sachen, da", Heinrich wies auf Novotny, „zieh sie aus."
Novotny zog sich das Unterhemd über den Kopf. „Es bringt nichts, bei den Nachbarn zu klopfen", sagte Novotny. „Die haben keinen Platz." Er saß mit nacktem Oberkörper da.
„Bei der Hose müssen wir ihm helfen", sagte Agnes. „Heb ihn hoch."
Heinrich hob ihn wie einen nassen Sack. „Deine Bangbüx bist du gleich los", sagte er.
„Aber passt mir bloß auf meine Beine auf", erwiderte Novotny.
Sie legten ihn auf eine Wolldecke auf dem Treppenabsatz. Heinrich warf ihm einen Mantel hin, mit dem er sich zudeckte.

Agnes ging voraus, auf den nächsten Treppenabsatz. Das Ölzeug und die nassen Sachen streifte sie ab, breitete einen Mantel auf dem Boden aus und hörte das Gemurmel der Männer und ihren schweren Atem, wenn sie einen Schluck aus dem Flachmann genommen hatten. Sie legte sich auf den Boden und wickelte sich in den Mantel ein.
Heinrichs Schritte auf der Treppe waren schwer vor Müdigkeit.
„Am besten ziehst du alles aus", flüsterte sie.
Als er sich zu ihr legte und Agnes sie beide mit einer alten Wolldecke zudeckte, nahm sie ihn in den Arm.
Seine Haut war kühl. Sie küsste ihn über dem Schlüs-

selbein und strich mit der Hand über seinen Rücken.
Sie ließ sich von ihm in den Arm nehmen. Sein Körper
war dünn und sehnig. Der Bauch war etwas weicher
und warm. Sie schob die Hände dorthin, und zu seinem
ruhigen Atem schlief sie ein.

4

Sie schlug die Augen auf. Karl, dachte sie. Sie hörte das
Wasser, das unten im Treppenhaus an die Stufen schlug.
Sie fragte sich, ob es bis an ihre Wohnung reichte, ob er
im Schrank saß. Sie wand sich aus Heinrichs Umklammerung und stand auf.
Sie sah aus dem Flurfenster. Das Wasser stand zwischen
den Häusern. Die Erdgeschossfenster waren geborsten.
Sie schätzte ab, wie weit das Wasser reichte und dass
ihre Wohnung höher lag als Novotnys.
Ihr tat alles weh, und sie untersuchte ihren Körper.
Blaue Flecke, teils grünlich, violett und gelb zogen sich
über ihren Körper, von der Hüfte bis hin zu den Schultern. An den Beinen hatte sie Schürfwunden. Sie schob
den Gedanken an die Schmerzen beiseite und zog sich
die Kleidung über, die noch feucht war und muffig nach
dem Hochwasser roch.
Heinrich war schon hinuntergegangen und unter-
hielt sich mit Novotny. Sie standen am Geländer und
blickten weiter hinunter in das Treppenhaus. Heinrich
wandte sich um, als sie sich den beiden näherte.
Der Anblick war merkwürdig. Obwohl sie wusste,
was am Vorabend geschehen war, fühlten sich die

Erinnerungen an wie die Träume, aus denen sie gerade erwacht war.

Ein Sturmboot war an der Haustür festgemacht worden. Es lag dort im Brackwasser, schaukelte, ein Mann saß darin, der Wind zog durch die offene Tür in das Treppenhaus, ein zweiter Mann kam die Treppe herauf. Er war groß, das braune Haar zerdrückt und ebenso zerzaust wie der Bart. Über ihr, auf dem Treppenabsatz regte sich etwas, und als sie hinaufblickte, sah sie die anderen Hausbewohner, die nach unten guckten, ebenso ungläubig wie sie selbst. Ein Raunen setzte an, was war passiert, das Wetter war so heftig, seit Tagen, die Deiche mussten doch gehalten haben, erst neulich waren sie verstärkt worden.

„Sind Sie Marek Novotny?", fragte der Mann, der die Treppe heraufgekommen war und nun neben ihr stand.

„Den Namen habe ich schon lange nicht mehr gehört", erwiderte Novotny nachdenklich.

„Gehört Ihnen die Kogge in der Fährstraße?"

„Eine Kogge wäre schön, bei dem Wetter." Novotny blickte dem anderen ins Gesicht. „Ich habe eine Kneipe, die so heißt, aber die gehört eigentlich der Bank."

„Mein Name ist Oke Hattenhorst", sagte der Mann. „Ihr Lokal hat die Flut überstanden. Wir brauchen einen Ort, wo wir Leute unterbringen können." Er hielt ihm die Hand entgegen, doch Novotny blickte zur Seite auf das Boot.

„Kannst du mir helfen?", fragte Novotny über die Schulter zu Heinrich. Er hielt sich am Treppengeländer fest und legte die Krücken auf die Stufen.

„Ich helfe Ihnen", sagte Oke. Er griff Novotny unter

die Schultern, zog ihn die Stufen hinab. Novotny ließ es geschehen. Sein Gesicht war verzerrt. Hatte er Schmerzen oder war er gereizt?

Heinrich beeilte sich und nahm Novotny an den Beinen.

„Wollt ihr den hier ins Boot legen?", fragte der Mann, der schon im Boot saß. „Dann haben wir keinen Platz mehr für andere Leute, meine Frau ist noch da oben."

Heinrich und Hattenhorst beachteten ihn nicht. Hattenhorst watete durch das Wasser, er trug Gummistiefel und bewegte sich, als sei er an die Kälte gewöhnt.

„Wir könnten ihn doch erstmal da lassen und später abholen", sagte der Mann.

Hattenhorst wuchtete Novotnys Oberkörper in das Boot. Agnes war hinuntergelaufen und hielt es fest, damit es nicht kippte. Während Heinrich dessen Beine hielt, hievte sich Novotny hinein, und als er im Boot war, kletterte Agnes hinterher und gab ihm die Krücken. Novotny stützte sich mit den Armen ab, und langsam richtete er sich auf. Als Heinrich in das Boot kletterte, blieb nur noch Platz für Hattenhorst. Eine Frau kam die Treppe hinunter.

„Hier ist kein Platz mehr für dich", sagte der Mann zu seiner Frau. „Für den Krüppel ist Platz, für dich nicht."

„Steigen Sie aus", sagte Hattenhorst, „ich hole Sie nachher."

Der Mann sah ihn fragend an.

Hattenhorst erwiderte den Blick ungerührt. Dann wandte er sich ab und bewegte sich auf die Frau zu. „Natürlich können Sie mit. Frauen und Krüppel zuerst."

„Keinen Schimmer, wer der Krüppel ist", sagte Novotny.

„Du", erwiderte der Mann, „oder willst du Stepptanzen, mit deinen Beinen?"

„Raus aus dem Boot", sagte Hattenhorst über die Schulter.

Nichts geschah.

Eine angespannte Stille trat ein.

„Lass doch, Walter", sagte die Frau, „ich bleibe hier. Der nette Mann kann mich gleich abholen."

„Lassen Sie mal", sagte Agnes. Sie stand auf und stieg aus dem Boot. „Ich warte hier. Ich will noch eine rauchen."

5

Sie stellte sich ans Fenster auf dem oberen Treppenabsatz und kramte in den Taschen ihres Regenmantels, bis sie die Zigarettenpackung fand. Sie fühlte sich feucht an, ein nasses Bündel. Die Zigaretten waren durchweicht und zerfielen zwischen den Fingern.

Sie legte das Päckchen auf die Fensterbank und blickte die Straße hinunter. Viele Untiefen und Wellenbrecher waren in dem grauen Wasser zu sehen, Autos, an Hauswände gedrückt, Laternenmasten, verbogen, und Bäume staken vereinzelt aus der Flut.

Jemand hatte sich in den Ladeneingang gegenüber gerettet, er winkte ihr zu. Sie dachte an Karl und fragte sich, ob es nicht besser gewesen wäre, ihn mitzunehmen – ob er noch immer in dem Wandschrank lag?

Ein Schlauchboot mit Außenbordmotor passierte die

Kreuzung. Mehrere Leute saßen darin. Es lag sehr tief, und in der Mitte war jemand, der mit den Händen Wasser aus dem Boot schöpfte.

Ganz hinten erkannte sie Hinrichsen, den alten Polizisten, der oft in der Kogge war, an seiner massigen Statur. Sie dachte an gestern Abend, als Hinrichsen in der Kogge vor der Flut gewarnt hatte. Dann fiel ihr Blick wieder auf die Gestalt in der Mitte des Bootes. Als es beinahe schon um die nächste Häuserecke war, konnte sie in deren Bewegung etwas ausmachen, das sie an Karl erinnerte.

6

Hattenhorst hatte sein Versprechen eingelöst. Er war zurückgekommen, um auch sie und die übrigen Hausbewohner mitzunehmen. Zielstrebig war er auf sie zugefahren. Er hatte ihr und den anderen Hausbewohnern ins Boot geholfen, dann hatte er, mehrfach und schwungvoll an der Leine ziehend, den Außenbordmotor angeworfen und war zu dem Ladeneingang auf der anderen Straßenseite gefahren. Vorsichtig war der Mann in das Boot gestiegen, während es Oke festhielt, und hatte sich quer hineingelegt, zu Agnes' Füßen, da ansonsten kein Platz mehr war.

Nun saß Hattenhorst im Heck des Sturmbootes. An ihr vorbeiblickend, lenkte er das Boot zielstrebig in die Richtung der Kogge. Sie sah die Straße hinunter.

Andere Boote passierten den Weg, in denen ähnlich viele Leute waren wie hier. Agnes fing den starren Blick einer alten Frau auf.

Sie hörte Kinderlachen.

Aus den Fenstern lehnten sich Menschen, riefen ihnen zu, sie fragten nach Leuten, die sie kannten, ob man etwas gehört habe, dass sie kein Wasser hätten, riefen sie und ob man Hilfe erwarten könne. Ihre Worte wurden von Wind und Regen zerrissen, und Agnes fiel es schwer, sie zu verstehen.

Oft saßen Gestalten in den Bäumen, riefen herunter, weshalb man sie hier nicht weghole, andere sagten nichts, hingen dort, ohne sich zu bewegen.

Auch auf den niedrigen Hütten und Schuppen, von denen nur noch die Dächer aus dem Wasser ragten, saßen Leute. Ihre Rufe waren verzweifelter und besser zu hören. Man müsse sie herunterholen, manche von ihnen seien schon erfroren und die Häuser hielten nicht mehr lange.

Jemand watete durch das Wasser, es stand ihm bis zum Bauch. Er trug eine Latzhose aus Gummi und schob ein kleines Schlauchboot vor sich her, in dem zwei Frauen saßen, drei Kinder zwischen sich. Das eine hielt einen kleinen Hund umklammert.

Jetzt schabte etwas an der Unterseite des Bootes entlang. Auch Hattenhorst erschrak, stellte den Motor ab. Er tastete den Boden ab, und sagte mehr zu sich, das Boot habe er schon seit einigen Jahren auf dem Dachboden, erst gestern Abend habe er es hervorgeholt, er wisse nicht, wie gut und wie lange es halte. Dann fuhr er weiter.

Agnes sah, wie sie sich der Kogge näherten. Da sie auf einer leichten Anhöhe lag, war sie unbeschadet geblieben. Und doch wirkte sie verändert. Lag es daran, dass die Flut bis auf wenige Meter an die Eingangstür reichte, oder daran, dass sie kaum je so früh am Morgen hier war? Oder hing es mit den vielen Leuten zusammen, die sie durch die Fensterscheibe sehen konnte?

Sie kletterte nach vorn, an die Spitze des Sturmbootes und nahm das Seil in die Hand. Als das Wasser seichter wurde, sprang sie hinaus in das Wasser, das kalt war und in den Füßen kribbelte. Augenblicklich musste sie auf die Toilette, und als sie versuchte, das Boot an einem Baum festzumachen, wurden ihr die Finger steif und rutschten an dem eiskalten Seil ab, das in ihre Haut schnitt. Indessen waren die anderen Insassen des Bootes nach vorn gekrochen, und aus dem Boot geklettert.

Aus der Kogge hörte sie Stimmen. Es wurde durcheinander gerufen, und als sie eintrat, sah sie die Menschentraube vor der Theke. Novotny dahinter war kaum zu erkennen, nur die Biergläser sah sie, die er über die Köpfe der Leute verteilte.

„Lasst mich mal durch", rief Agnes. Sie schob sich durch die Menschenmenge, schubste und boxte, wurde zur Seite gedrückt.

„Hallo?", rief jemand empört. „Das kann doch wohl nicht angehen."

„Das ist Agnes, du Dösbaddel", erwiderte ein Stammgast der Kogge, „lass sie durch, sie zapft uns Bier."

Nun bildete sich eine schmale Gasse. Sie schob sich durch die Menge, und endlich war sie an der Theke. Mit der Hand strich sie über das nasse Holz. Einige Gläser standen darauf, gefüllte, leere, umgekippte, und dann war sie an der Stelle, wo sich die Tresenplatte anheben ließ. Sie schob die Gläser zur Seite, hob die Platte und war auf der anderen Seite.

Nur flüchtig und von der Seite blickte sie zu Novotny. Er hatte ein Bierglas mit Schaum gefüllt, von dem er etwas hinüberschüttete, wenn er neues Bier gezapft hatte. So ging es schneller, er musste nicht warten, bis der Schaum sich gesenkt hatte. Als sie neben ihm stand, sagte er: „Agnes. Das wurde Zeit."

7

Die Kogge war nicht wiederzuerkennen. Novotny hatte aufgehört zu kassieren. Er hätte gern andere Getränke ausgeschenkt, doch hatten sie kaum etwas anderes als Bier. Das Bier machte immerhin ein wenig satt, und die alkoholfreien Getränke hob er für die Kinder auf, die in das Hinterzimmer evakuiert wurden. Allmählich begann er, auch das Bier zu rationieren.

„Wenn das alle ist, dann haben wir hier keinen ruhigen Tag mehr", sagte er, beim Auswechseln des Fasses.

Sie half ihm. Das Fass war schwer, doch Novotny setzte sich so auf den Hocker, dass er schaffte, es unter die Theke zu bugsieren.

Ein Trinker bot seine Hilfe an, Agnes winkte ab: „Wir haben das die letzten Jahre auch ohne euch geschafft, daran wird das bisschen Wetter nichts ändern."

Der Trinker lachte.

Agnes ging ins Hinterzimmer.

Im ersten Moment erschrak sie über die Helligkeit im Raum. Die schwarzen Vorhänge waren zur Seite geschoben, und eine Trennwand war entfernt worden. Bis in den Krieg hinein war die Kogge eine große Gaststätte gewesen. Im hinteren Bereich hatte sich ein Festsaal befunden. Dunkel erinnerte sie sich an ihre Kindheit und an die wenigen Anlässe, als sie hier gewesen war, zur Konfirmation oder am Geburtstag eines Verwandten.

Seit sie bei Novotny arbeitete, kannte sie diesen Raum nur als kleines Zimmer. Mit Brettern hatte er es vom restlichen Raum abgetrennt, um Heizkosten zu sparen. Heute früh war die Bretterwand entfernt worden, nur Löcher in der Wand und vereinzelte Leisten zeugten noch davon, wo sie sich befunden hatte.

Schwere Holzbänke und -tische standen in diesem freigelegten Teil. Menschen schliefen darauf. An den Wänden sah man Bilder, eine Hochzeit, sepiafarben, ein Pferdekutscher mit Bierfässern vor dem Gasthaus und die Hundekutsche eines Milchmanns auf der Fährstraße. Im hinteren Teil des Raumes war ein Kachelofen wieder in Betrieb genommen worden, und dieses Bild der auf den Bänken Lagernden und Schlafenden erinnerte sie daran, wie nach dem Krieg Flüchtlinge in die Gaststätte eingezogen waren, deren Behelfsheime schließlich am Deich errichtet wurden.

8

Aus einer Ecke des Gastraums hörte sie Stimmen, die verzerrt aus modernen Geräten kamen, auf die ein paar Jugendliche aufgeregt einredeten – dass hier noch Platz und Zeit für solche Spielchen war?

„Sie halten Kontakt mit der anderen Seite der Elbe." Oke war an sie herangetreten. Trotzdem es in der Kogge sehr unruhig war, strahlte der Mann Gelassenheit aus, und obwohl Agnes ihn heute Morgen zum ersten Mal gesehen hatte, war er jemand, dem sie vertraute.

„Das sind Funker", sagte er, „mit diesen Geräten können sie durchgeben, wie hier alles aussieht, dass Hilfe kommen kann, von der anderen Seite."

„Wie es dort wohl aussieht?", fragte Agnes mehr sich selbst. Sie hatte von Funkgeräten gehört, die sie sich wie Transistorradios vorstellte. Im Hafen waren sie unerlässlich, das wusste sie von Heinrich.

„Die Lage ist nicht klar", sagte er. „Die Feuerwehr verschafft sich einen Überblick. Das Militär und das Rote Kreuz kommen nach Wilhelmsburg."

„Hoffentlich bringen die auch was zu essen mit", erwiderte sie.

„Das hoffe ich auch. Etwas zu essen könnte ich gut vertragen."

„Bier könnte ich Ihnen anbieten."

„Lassen Sie mal, ich muss einen klaren Kopf behalten."

„Sie koordinieren hier alles?", fragte sie.

Oke nickte. „Den Hafen kenne ich wie meine Westentasche", fügte er hinzu und machte eine ausholende Geste, die etwas behäbig war.

Sie nickte.

„Da habe ich mich zur Verfügung gestellt. Heute Morgen hat mich ein Militärfahrzeug mitgenommen. Das wollte sich eigentlich nur ein Bild von der Lage machen."

„Können Sie mir sagen, wie es meinem Sohn geht?" Agnes war selbst erstaunt über ihre unvermittelte Frage, die ihr jetzt unpassend erschien. Sie spürte, dass sie errötete. Schnell sagte sie: „Karl. Er ist fünfzehn Jahre alt, wirkt aber wie dreizehn. Er hat dunkelbraune Haare, die er sich nicht kämmt, und eine Pockennarbe auf der Stirn…"

„…Karl", sagte Hattenhorst. Er schien nachzudenken. „Hier waren so viele Leute. Ich habe einen Karl kennengelernt, der so aussieht, gestern im Hafen", langsam sprach Oke diese Worte vor sich hin. „Ich wüsste selbst gern, wie es ihm geht."

Agnes blickte sich um, nirgends konnte sie ihren Sohn erkennen.

„Hinrichsen, ein alter Polizist", sagte er, „der hat sich auf den Weg gemacht."

„Ich kenne ihn. Ich hoffe, es ist ihm nichts passiert, meinem Karl."

Agnes zwang sich, den Gedanken an Karl beiseite zu schieben, und um sich abzulenken, sagte sie: „Der Wagen, mit dem Sie gekommen sind, ist er gut durchgekommen, heute Morgen?"

Hattenhorst nickte abwesend. „Leicht war das nicht, weil nicht zu sehen war, wie tief das Wasser ist und was darin alles liegt." Er legte die Hände auf den Bauch. „Seitdem arbeite ich hier. Ihre Kneipe, die hatte jemand aufgebrochen, so konnten wir gleich hinein."

„Aufgebrochen?"

„Die Tür stand offen", sagte er.

„Haben Sie das dem Chef schon gesagt?"

Hattenhorst schüttelte den Kopf.

„Und war etwas geklaut?"

„Das wollte ich Sie gerade fragen."

Ihr Blick war schon auf den Sparschrank gefallen, der sich an einem der Pfeiler befand. Von ferne besehen, sah er normal aus. Sie ging auf ihn zu. Die Klappe, die den Zugriff auf alle Fächer erlaubte, war etwas verbogen, und sie sah, dass sie aufgebrochen worden war.

„Hinrichsen", sagte sie. „Wir müssen ihm Bescheid geben."

V

1

Jemand hatte an die Tür geklopft. Durch den Türspäher konnte Karl das Treppenhaus überblicken. Er sah er einen alten Schutzmann, von der Linse rund gekrümmt. Er ging von Tür zu Tür und klopfte. Ein kräftiges Klopfen – jetzt wieder. Nach einigem Zögern öffnete Karl die Tür.

„Sturmflut", sagte der Schutzmann.

Die gegenüberliegende Tür wurde geöffnet.

„Nichts mitbekommen?" Der Polizist drehte sich um. Es war Hinrichsen. Karl kannte ihn aus der Kneipe. Oft, wenn er nach der Schule zur Mutter gegangen war, in die Kogge, saß er an der Theke, rauchte, trank Bier und Korn, außer Dienst, wie er sagte, am Vor- oder Nachmittag, nach der Schicht, während Agnes Theke und Boden wischte.

„Da draußen ist die Hölle los", sagte Hinrichsen jetzt, „und ihr kommt hier gemächlich alle raus."

„Es steht alles unter Wasser, in der Straße", sagte jemand, der von oben die Treppe herunterkam.

„Das stimmt. Da sind ganze Häuser weggerissen worden, am Deich, als er gebrochen ist", sagte Hinrichsen. „Bestimmt hat es da Tote gegeben." Er blickte in die Runde, die sich nun im Treppenhaus aufgestellt hatte. „Sie alle können froh sein, dass Sie das überlebt haben." Er nahm die Mütze vom Kopf und fügte hinzu, „jetzt fängt die Arbeit an. Viele sind auf die Dächer und Bäume geflüchtet, als der Deich gebrochen ist. Wir sollten sie da wegholen. Und die toten Tiere müssen aus dem Wasser."

2

Das Ruderboot des Schutzmanns war überladen. Hinrichsen hatte so viele Menschen aufgenommen wie möglich. Er hatte sie von den Dächern der Kleingartensiedlung geholt, die an das Wohnviertel grenzte.
Das Boot lag so tief im Wasser, dass es immer wieder hereinschwappte. Karl, der am Boden kauerte, fuhr mit einer Kelle durch das Boot und schöpfte es aus.
Die Leute auf den Dächern sah er von hier aus nicht. Er hörte ihre Rufe, und wenn er sich umsah, konnte er sie zwischen den Köpfen der anderen hindurch erkennen. Manche saßen in den Bäumen, die die Straße säumten, klammerten sich daran fest und riefen um Hilfe.
„Wir gehen hier drauf, Hinrichsen", rief jemand. Karl konnte nicht erkennen, wer da gerufen hatte, alle waren vermummt, dick eingepackt in ihre Wintersachen.
Mehrfach meinte er seine Eltern zu erkennen, die Gestalt der Mutter, sie kauerte auf einem Dach eines Schuppens, der Vater, leicht gebückt, aber dann war es eine Bewegung, die nicht passte, eine Regung, die ausblieb.
„Wenn ihr uns nicht mitnehmt, dann holt uns die Flut", eine Frau wies mit ausholender Geste um sich, „die anderen Hütten sind schon alle weg."

Hinrichsen fuhr weiter. Seine Gesichtszüge verkrampften sich zu einer Art Grimasse. War es aufgrund der Kälte, fragte sich Karl, waren es Regentropfen, die die Wangen des Polizisten hinunterliefen?

„Keine Sorge", sagte Hinrichsen. „Wir bekommen festen Boden unter den Füßen." Und Karl, der nicht verstand, zu wem er das gesagt hatte, dachte an seine Eltern. Weshalb hatten sie die Wohnung verlassen und wo waren sie jetzt?

3

Karl ging durch eine schmale Tür und gelangte in einen großen Raum. Er wirkte hell, da die schweren Vorhänge zurückgeschlagen waren und Tageslicht fahl von draußen hereindrang.

Durch den Hintereingang hatte er die Kogge noch nie betreten, und so brauchte er Zeit, bis er den Raum als das Hinterzimmer erkannte, in dem Novotny sich mit Heinrich und seinen Kollegen immer zum Kartenspielen traf.

Auf dem Boden waren Decken ausgelegt, Leute schliefen, andere lagen nur da, rauchten und blickten in die Luft.

Noch nie war Karl hier gewesen. Das Hinterzimmer wirkte größer, als er es sich vorgestellt hatte. Er hatte immer nur in den wenigen Momenten hineingespäht, in denen die Tür einen Spalt weit offen stand, weil die Mutter etwas holte oder brachte. Wenn er sich reckte und duckte, um im dünnen Licht des Hinterzimmers etwas zu erkennen, beeilte sich die Mutter, die Tür zu verschließen. „Das ist nichts für dich", sagte sie, „mach deine Hausaufgaben."

Jugendliche hatten zur Kogge und besonders zum Hinterzimmer keinen Zutritt. Er war der einzige, der in der Kogge sein durfte, tagsüber und in den frühen Abendstunden. Als er noch die Schule besuchte, war er anschließend immer in die Kogge gegangen, wenn nur Novotny, die Mutter und vereinzelte Gäste hier waren. Doch zum Hinterzimmer hatte auch er keinen Zutritt.

Oft saß Novotny an einem der kleinen Tische am Fenster, zählte das Geld, erstellte lange Rechnungen und füllte Bestellscheine aus. Wenn er die Abrechnung beendet hatte, stand er schwerfällig auf, zapfte Bier, und während er wartete, dass der Schaum sich senkte, verstaute er die Papiere in einer Ledermappe unter der Theke. Dann schenkte er nach, sodass eine Schaumkrone entstand, und während er das Bier trank, blätterte er in der Wilhelmsburger Zeitung.

Die Kogge hatte sich Karl immer als Teil eines Schiffes vorgestellt. Die alten, schweren Möbel schienen ihm, als kämen sie tatsächlich von einer Kogge, und die Holzvertäfelung, als sei sie aus der Schiffswand gezimmert. An die Wände waren Bierreklamen genagelt und Fotografien dazugepinnt. Ein Bild zeigte Novotny an der Theke, ein anderes einen Gast, der den Arm um Agnes' Schultern legte.

In der Mitte des Raumes hing das Modell einer Kogge. Das rundbauchige Schiff war an einen Querbalken gehängt, auf dem mehrere Flaschenschiffe standen, die berühmte Namen trugen – Pamir, Padua, Passat. Die Kogge schwebte über den Gästen, und wenn der Vater dabei war, fragte er Novotny meist, ob er das Modell herunternehmen könne, um es Karl zu zeigen.

Anfangs hatte Heinrich das Schiff noch entstaubt, demonstrativ vorsichtig, dass Karl mitbekommen musste, wie empfindlich und wertvoll es war, und dann hatte er es ihm erklärt. Die Kogge, Kriegsschiff der Hanse. Dort war das Achterkastell, und hier waren die Kanonen aufgestellt, erklärte er. Wenn Karl ihn etwas fragte, schien er sich über die Fragen zu freuen, wenngleich er sie meistens abtat, ach, dass der Junge so etwas frage, das sei doch unerheblich, viel interessanter sei etwas anderes, das Heinrich dann erzählte und das Karl immer öfter als blanke Erfindung erschien, entwickelt aus der Phantasie und der fehlenden Sachkenntnis des Vaters.

Aus Karls Fragen waren allmählich kleine Vorträge geworden. Karl war dazu übergegangen, das Schiff dem Vater zu erklären, frisch angelesenes, auswendig gelerntes Wissen aus Büchern, die er von der Bücherhalle ausgeliehen hatte.

Novotny belustigte das. „Er hält uns Vorträge, wie ein kleiner Pauker."

Karl ließ sich nicht beirren. Heinrich stellte kurze Fragen, als wollte er zeigen, dass er weiterhin zuhörte. Die Fragen wiederholten sich, doch Karl beantwortete sie.

„Wie groß ist die Kogge im Vergleich zu anderen Booten, sagen wir, einem Ewer?", oder: „Was ist an der Bremer anders als an der dänischen Kogge?" Der Vater blickte kurz von seinem Bier auf und zu Karl herüber.

„Wie groß ist die Besatzung einer Kogge, und wie viel Mann haben auf ihr Platz?"

„Ich störe nur ungern", mischte sich Novotny wieder ein. „Aber ich denke, dass dein Vater eine Stärkung vertragen könnte." Er blickte auf die Kogge, die Karl in den Händen hielt.

„Gib mal her", sagte Novotny, und als Karl sie nicht gleich herausrücken wollte, riss er daran. „Gib das Ding her." Novotny riss es ihm aus der Hand, dabei verlor er das Gleichgewicht. Er fiel wie ein Brett um, das Schiffsmodell über sich haltend, sodass es keinen Schaden nahm.

„Scheiße", rief er.

„Ich helfe dir auf", sagte Heinrich.

„Schon gut", wehrte Novotny ab, „nimm mir mal das Boot ab, aber sieh zu, dass der kleine Schlaumeier es nicht in die Hände bekommt."

Novotny hangelte sich an den Hockern auf die Beine. Dabei ließ er den Jungen nicht aus den Augen.

„Wohin soll das führen mit dem ganzen Gedöns? Du liest und liest. Aber mit Lesen verdient man kein Brot."

„Beruhige dich mal", mischte sich die Mutter ein.

„Nein", sagte Heinrich. „Vollkommen Recht hat Novotny. Verderben unsere jungen Leute. Bibliotheken." Heinrichs Stimme klang verächtlich. „Wie man arbeitet, sollte er lernen." Der Vater blickte sich um. „Sie kriegen nicht mehr mit, was um sie herum passiert, lesen Abenteuerromane und verpassen, worauf", sagte der Vater und überlegte, „worauf es eigentlich ankommt."

„Ich verstehe nicht, was du meinst", sagte Karl und schluckte, „worauf kommt es denn an?"

„Wirst du frech?"

Sie sahen sich eine Weile in die Augen.

„Alles Arbeit um uns herum", sagte Heinrich mit Nachdruck. „Schau dir das alles an. Würde es alles nicht geben, ohne Arbeit." Er nahm sein Bier, stellte es jedoch wieder hin. „Kein Bier, keine Kogge, keine Wohnung ohne Arbeit – nichts."

Kurz sah Heinrich auf Novotny und Agnes, um sich ihrer Zustimmung zu versichern, und dann lange auf Karl.

„Das müsst ihr jungen Leute lernen, dass ihr für euren Unterhalt aufkommt."

Karl fixierte die Zapfanlage. Eine Fliege kroch über den Zapfhahn, und dann sah er die Mutter. Sie nickte leicht und wandte sich ihm zu.

„Dein Vater hat Recht. Ab jetzt nur zwei Bücher im Monat." Ihr Blick zitterte.

Karls Herz schlug so stark, dass sein ganzer Körper bebte. Er schwitzte, spürte sein Erröten. Er schüttelte den Kopf, wissend, dass es nichts brachte.

„Doch", sagte die Mutter, „es ist besser so."

4

Agnes öffnete die Tür und verkantete ein altes Holz. Luft strich durch den Raum, wodurch sich der saure Geruch nach altem Bier zu verstärken schien. Sie stellte die Stühle auf die Tische, wischte unter ihnen durch, um Novotny herum, und manchmal bediente sie nebenher die wenigen Gäste, die schon hier saßen, nach oder vor deren Schicht.

Karl war oft hier. Spätestens ab Mittag, in den Ferien auch früher. Und je länger er blieb, desto mehr füllte sich der Gastraum. Ab dem späten Nachmittag, wenn die ersten Tagesschichten zu Ende gingen, waren die meisten Gäste da. Karl wusste nie genau, wann es Zeit für ihn war zu gehen. Er bemerkte es an Novotnys zunehmender Unruhe, den verstohlenen Blicken der Mutter, und schließlich ging Karl von selbst.

Wenn er am späten Nachmittag von der Kogge auf die Straße trat, ging er oft nur einige Schritte und versteckte sich hinter einem parkenden Auto oder einer Mülltonne. Von da konnte er ungesehen zur Kogge hinüberschauen. Schemenhaft sah er hinter den verrauchten Vorhängen Gestalten, die an der Theke saßen, gekrümmte Rücken über den Biergläsern. Gelegentlich kam die Mutter ans Fenster, schob den Vorhang zur Seite, blickte auf die Straße und ließ den Vorhang dann geöffnet.

An einem Abend kauerte er wieder an diesem Ort. Allmählich wurde ihm kalt. Die Kälte stieg von den Füßen und Händen in die Gelenke auf, und als er so hockte, fühlte es sich an, als könne er sich nicht mehr bewegen. Ein Gefühl der Ohnmacht, schön und fürchterlich zugleich.
Er wischte die Tränen fort, die ihm der Wind in die Augen schnitt. Da der Vorhang der Kogge zurückgeschlagen war, konnte er Fiete sehr gut erkennen, der das Schiffsmodell von der Decke nahm und über die Theke reichte. Karl hatte diesen Vorgang schon oft beobachtet.

Novotny nahm das Schiff, und was er damit machte, konnte Karl nicht genau erkennen, da der Wirt mit dem Rücken zum Fenster stand. Dann drehte er sich leicht in den Raum und hob das kleine Boot vorsichtig in die Höhe. Die anderen johlten, und Karl sah ihre freudigen Gesichter.

„Was machst du denn hier?"

Karl schrak auf und wandte sich um. Hinter ihm stand Hinrichsen.

„Ich bin wohl gestolpert", erwiderte Karl mit müder Stimme. Er stand auf und stellte sich gerade vor Hinrichsen auf.

„Gestolpert?", fragte der Polizist. „Ich dachte schon, du willst da übernachten."

Karl schüttelte den Kopf.

„Dann mach dich mal auf den Heimweg." Der Polizist tippte sich mit der Hand leicht an die Mütze und ging weiter.

5

In der Schule wurde er oft nach der Kogge gefragt, ob es stimme, dass die Leute sich bis zur Besinnungslosigkeit besoffen, sich die Köpfe einschlügen, die Kogge immer wieder zertrümmert werde, bevor die Saufbrüder nach Hause torkelten oder einfach dort liegen blieben, wo sie umfielen – im Rinn- oder auf dem Kantstein.

Karl berichtete ihnen alles, was die Mitschüler hören wollten. Haarklein erzählte er, wie sich die Männer auskotzten, wie sie von Vorbeikommenden ausgeraubt wurden, wie Räuber, er habe es selbst gesehen, den Betrunkenen vor der Kneipe auflauerten und ihnen das Geld abknöpften. Oft stellten sich die Opfer einfach auf und öffneten die Geldbörse, aus denen sich die Angreifer dann die Scheine pflückten, wie die Äpfel vom Baum.

„Einfach so holen die sich die Moneten da raus?", fragte Joachim, „das würde ich auch gern machen."

„Warum wehren die sich denn nicht?", fragte Bartosz.

„Die wissen, dass sie keine Chance haben, besoffen, wie sie sind", sagte Karl, „und manche sind auch völlig weg. Die kriegen gar nichts mehr mit."

„Du erzählst doch keinen Mist, oder?" Bartosz' Stimme klang unsicher.

„Nein."

„Wenn das so ist", sagte Joachim, „dann müssen wir da auch mal hin." Dem stimmten die anderen bei, und es entwickelte sich ein Gespräch, was man mit dem Geld alles machen werde, das man den Säufern abnehme und das, je länger sie darüber sprachen, immer mehr wurde. Man kaufe sich ein Fahrrad, ach was, ein Auto, sagten sie, und ein Boot, damit kann man bis Amerika fahren. Jemand kannte jemanden, der schon dort war und in Asien, ein anderer sagte, dass man kein Geld brauche, um dorthin zu kommen, man verdiene doch alles unterwegs, mit der Arbeit auf dem Schiff, das einen dorthin bringe, das sei doch kinderleicht. Dem stimmten die anderen zu, aber man könne das Geld mitnehmen und dort umso mehr damit machen.

Dann rief Bartosz etwas dazwischen: „Wer sagt eigentlich, dass die Säufer sich nicht wehren? Die kloppen sich doch, gerade weil sie trinken."

Es blieb ruhig.

„Warum wehren die sich nicht?", fragte Bartosz. Sein Onkel habe immer getrunken, bevor er jemandem eine Abreibung verschafft habe. „Der brauchte das, so hat er es mir gesagt. Der Fusel hat ihm die Kraft gegeben."

„Solche Saufköpfe gibt es auch", sagte Karl, und er erzählte von einem Gast, der die Kogge durch den Hintereingang betrat.

„Er hat meiner Mutter seine Sachen gegeben und gesagt, dass er gleich wiederkommt", sagte Karl. Er mochte den Moment, wenn die anderen ihm zuhörten. Doch konnte er ihn nicht auskosten, zu aufgeregt war er, um keine Fehler in den Geschichten zu machen, die er spontan erfand.

„Und, ist er dann rausgegangen?", fragte Joachim.

Karl nickte. „Der hat erst so getan, als ob er ganz angetüdelt wäre, und dann hat er ihnen eine Wucht verpasst", sagte Karl und lachte. „Die haben nur so gestaunt, wie schnell der wieder nüchtern war."

Darüber mussten auch die anderen lachen.

Bartosz tat so, als sei er betrunken. Er torkelte auf Joachim zu und verpasste ihm einen Schlag in die Magengrube. Joachim wankte zurück und riss Bartosz auf den Boden, und dort rauften sie, dass Karl nicht mehr wusste, ob sie beschwipst wirken wollten oder nüchtern.

6

Die Luft in der Kogge war stickig und angefüllt mit den Stimmen der Helfer und der Evakuierten, die sich dies und das erzählten. Was sie gesehen, was sie gehört hatten, sie stellten Vermutungen über das wahre Ausmaß der Katastrophe an. Jemand sprach von mehreren tausend Toten, allein in Wilhelmsburg. Es könne nicht anders sein, eine solche Flut habe man noch nie erlebt.

„Ich habe mich festgehalten, mit der Zeit spürte ich meinen Arm nicht mehr", sagte ein alter Mann, dessen Gesicht zerschrammt und dessen Kleidung schlammig war. „Ich war mir sicher, dass er abgestorben ist und es nicht mehr lange dauert, bis er ganz ab ist." Er besah sich seinen Arm, der von seiner Schulter hing, und sah dabei zu, wie der Arm sich langsam hob. „Es war gar nicht leicht, den wieder in Gang zu bekommen."

Sie habe nur in die Küche gewollt, erzählte eine Frau, doch als sie die Tür öffnete, stand ein Lastwagen, wo Herd und Wanne gewesen waren. „Dass ich einen festen Schlaf habe, war mir immer klar, aber so rammdösig kann man doch gar nicht sein."

Die anderen lachten. Das Lachen klang erschreckt, verhalten, und bald verstummte es wieder.

Für mehrere Minuten war es still.

Karl, der nahe dem Kachelofen kauerte, wartete darauf, dass jemand erzählte.

Dass sein Hund weggerissen worden war, sagte plötzlich jemand in die Stille hinein. Von der Flutwelle war der Hund mitgerissen worden und trotz des Sturms meinte er das erschrockene, verzweifelte Gebell zu hören. „Er bellt noch." Der Mann nahm einen tiefen Schluck Bier. Dann wurde es wieder ruhig. In die Stille hinein hörte Karl verwischte und blecherne Stimmen. Sie kamen aus Geräten, die am hinteren Ende des Raumes aufgebaut waren. Standpunkte und -orte, Hilfe, Bedarf, Lagebeschreibungen und Befehle wurden durchgegeben und empfangen. Die Sätze waren kurz, oft abgehackt und die Stimmen aufgeregt, überlagert von einem Rauschen, das Karl dem Wetter zuschrieb. Er ging den Stimmen nach, und dann sah er sie. Sie saß zwischen den Geräten.

„Es ist alles überflutet", sagte sie mit einer festen Stimme, die fast gefühllos klang. „Wir brauchen Hilfe. Unsere Akkus halten nicht lange." Dann wiederholte sie: „Die Akkus der Funkgeräte, sie halten nicht." Sie drehte an den Funkgeräten, hielt das Ohr an den Lautsprecher, horchte.

„Wir haben sie verloren", sagte sie schließlich. Sie saß zwischen den Geräten. Karl beobachtete sie, wie sie die Hand auf dem Funkgerät ruhen ließ und nachdenklich aus dem Fenster blickte. Sie trug einen Wollpullover und eine alte Kordhose, sie hatte langes Haar, ihre Lippen waren rissig und gaben ihrem Gesicht dennoch einen weichen Zug, der zu ihrer spröden Stimme nicht passte.

Joachim trat hinter einem der Geräte hervor.

„Karl", sagte Joachim, „du kannst uns helfen."

Langsam wandte sie sich um.

„Du bist also Karl", sie streckte ihm die Hand entgegen. Ihre Hand war groß und der Händedruck kräftig. „Inge."

VI

1

Agnes ging die Waren in der Vorratskammer durch. Erst vor wenigen Tagen hatte sie eingekauft. Kartoffeln, Kohl und Wurzeln, Erbswurst, Rauchfleisch und Kohlwürste.

Meistens kochte sie zu Hause vor. Die Lebensmittel lagerten hier, damit Novotny einen besseren Blick darauf hatte. Sie zählte das Gemüse oft ab, die Würste, das Fleisch und legte ihm alles vor, was sie mit nach Hause nahm. Er versuchte, wie beiläufig darauf zu schauen, doch daran, wie lange sein Blick auf den Lebensmitteln lag, bemerkte sie, dass er überdachte, ob das alles zum Eintopf passte, Wurzeln, Kartoffeln, Zwiebeln, Kohl, Fleischwurst?

Trotz seiner Kleinlichkeit fiel es ihm nie auf, dass sie eine kleine Portion in den Henkelmann abzweigte, den Heinrich zur Arbeit mitnahm oder sich von Karl bringen ließ.

Nun strich sie mit der Hand über das Gemüse und überlegte, wie lange es vorhalten würde. Oke hatte ihr die Lage erklärt. Wilhelmsburg war fast komplett abgeschnitten von den anderen Stadtteilen. Sie hatten keinen Strom. Auch wenn inzwischen Helfer nach Wilhelmsburg gekommen waren, mit Sturmbooten und großen Lastwagen aus Harburg, so mochte sie sich gar nicht ausmalen, wie lange es dauern würde, bis alles wieder im Lot war und wie es würde, wenn die Tideflut kam. Ob das Wasser dann weiter ansteige? Wie sähe es in der Kogge dann aus?

Sie schob die Gedanken beiseite und entfachte Feuer im Herd. Sie portionierte die Vorräte, um zu vermeiden, dass die Suppe zu schnell dünn wurde. Dann streckte sie den Eintopf mit Bier und schnitt weiteres Gemüse und vereinzelte Stücke Fleisch und Wurst hinzu.

Novotny kam in die Küche und warf einen fachmännischen Blick in den Topf.

„Es riecht sehr gut", sagte er.

„Du hast bestimmt Hunger."

„Draußen ist auch schon was los", erwiderte er.

Sie schöpfte einen Teil des Eintopfes in einen kleineren Topf, und Novotny ging wieder hinaus.

Als sie in den Gastraum trat, spielten sich tumultartige Szenen ab, da die Menschen sich an die Theke pressten, als bekämen sie dann schneller etwas zu essen oder mehr. Agnes bemühte sich, ruhig zu bleiben. Sie schöpfte die Suppe in die Teller. Novotny wies die Leute an, sich in Reih und Glied aufzustellen. „Ihr bekommt alle was, aber wenn sich jemand nicht benimmt, dann bekommt er nichts."

2

Agnes musste mehrmals zurück in die Küche, um den Suppentopf nachzufüllen. Die Suppe ging bedenklich zur Neige. Als sie zurück in den Gastraum trat und Novotny die Suppe verteilte, versuchte sie abzuschätzen, wie viele Leute noch etwas zu essen brauchten. In diesem Moment sah sie Oke. Er stand am Ende der Schlange und sprach mit Hinrichsen.

Sie dachte an den Sparschrank. Wer hatte ihn aufgebrochen, und wie mochten die Mitglieder des Sparvereins reagieren? Agnes' Blick strich kurz über die Gesichter der anderen.

Von vielen Leuten, die hier standen, wusste sie, in welchen Berufen sie arbeiteten, wie viel sie pro Woche in der Kogge ließen, wie viel sie ansparten.

Henri, der immer Runden geschmissen hatte, wenn er etwas Geld verdiente, und die übrige Zeit die anderen anpumpte, arbeitete als Tagelöhner. Er verrichtete alle Arbeiten, die sich ihm boten, und das in der gesamten Stadt. Über das viele Zufußgehen in seinen zerrissenen Schuhen taten ihm die Füße weh, worüber er, wenn er angetrunken und rührselig war, oft klagte. Dann weinte er sich bei Agnes aus, und die anderen machten Witze, dass das bloß Heini nicht sehen solle, was der wohl dazu sage. Oft fand sich dann jemand, der ihm einen Korn spendierte, was ihn noch betrunkener und rührseliger machte, bis er von Heinrich nach Hause gebracht wurde, in die Pension.

Henri teilte sich ein Zimmer auf der Fährstraße mit einem alten Mann, der Dirk hieß. Während Henri die Haare kurz rasiert hatte, waren Dirks Haare ungekämmt, ungewaschen und lang. Henri machte oft Witze, dass Dirk seine Frau sei, wegen der langen Haare, schließlich teile er auch ein Bett mit Dirk.

Wenn Henri morgens aufstand, um sich eine Arbeit zu suchen, kam Dirk von der Nachtschicht. Niemand wusste, was Dirk genau machte, nur dass er sehr müde war, wenn er von der Arbeit kam, sodass er die Tage im Bett verbrachte. Und abends stand er auf, setzte sich in der Kogge an Paulines Tisch, aß wortlos sein Frühstück, Spiegeleier mit Bier, und machte sich auf den Weg.

Pauline war ab den Mittagsstunden in der Kogge. Sie trank nicht viel, aber stetig. Immer wenn Agnes sie sah, nippte Pauline an einem Glas Wein. Wenn sie das Glas zur Neige getrunken hatte, stellte Agnes ihr ein neues hin und machte ein Häkchen auf dem Bierdeckel.
Ab und zu verschwand Pauline auf die Toilette oder Straße. Kurze Zeit später ging ihr einer der Männer nach. Agnes bemühte sich, nicht darüber nachzudenken, was sich zwischen ihr und den Männern zutrug, und niemand sprach darüber, doch wie sich die Gäste verstohlene Blicke zuwarfen oder es vermieden, einander anzusehen, verdeutlichte es, sodass die anderen rasch die Musiktruhe anstellten, Getränke bestellten, rauchten oder einander zuprosteten.
Es gab Leute, die sich über Pauline und ihren Lebenswandel lustig machten, doch ging kaum jemand auf diese Witze ein, denn sie gehörte in der Kogge zum Inventar.

3

Die ersten, die eine Suppe bekommen und gierig ausgelöffelt hatten, brachten die Schüsseln schon wieder zurück an die Theke, wo sie sich einen neuen Nachschlag erwarteten. Novotny nahm ihnen die Schüsseln ab und gab einen Korn aus.

Die Schüsseln stapelte er neben Agnes, die sie neu befüllte und den anderen gab.

Henri sah ausgehungert aus. Er nahm die Schüssel und löffelte sie schon im Gehen aus, während er sich einen Platz suchte.

Wahrscheinlich hat er seit Tagen nichts gegessen, dachte sie sich.

Wegen chronischer Geldnot ließ er immer wieder anschreiben. Mit theatralischer Geste wies er auf sich und sagte: „Mein letztes Hemd, und das hat keine Taschen." Meist bezahlte er die Zeche erst nach mehreren Wochen. Novotny setzte ihn unter Druck, drohte ihm mit Hausverbot, was Henri um jeden Preis verhindern wollte, da das schon in den anderen Kneipen passiert war.

„Kannst du mir nicht helfen, zu Geld zu kommen?", fragte er Agnes, „dann zahl ich euch auch alles zurück." Agnes schüttelte den Kopf. Es fiel ihr nichts ein. „Mach dich auf die Suche nach Arbeit", sagte sie.

„Das mache ich doch immer", sagte er, „immer bin ich auf der Suche."

Er blieb einige Tage weg. Novotny fragte nach ihm, befragte die Gäste der Kogge, besonders Dirk, der jedoch einsilbig blieb.

„Mach dir nichts daraus", sagte Pauline, „Henri ist ein Lebenskünstler, er findet immer etwas."

Agnes spürte Novotnys Anspannung. Zu oft hatte er ihn anschreiben lassen.

„Woher sollen wir das Geld für den nächsten Wochen-einkauf nehmen?", fragte er.

Einige Tage vergingen, in denen Novotnys Anspannung weiter zunahm. Er sprach kaum noch mit jemandem und wenn, war seine Stimme leise, aber doch von spürbarer Aggressivität getragen.

Die Anspannung blieb bestehen bis zu dem Tag, an dem Henri zurück in der Kogge war, einige Scheine und Münzen auf den Tisch legte, mit gönnerhafter Geste. Es sei jetzt so weit. Alle Schulden könne er abbezahlen, er könne auch wieder seinen Beitrag für den Sparverein bezahlen und die Miete sowieso. Und zuallererst wolle er Bier und Korn.

Er setzte sich auf den Barhocker, der der Zapfanlage am nächsten war.

„Dass du an Geld gekommen bist", sagte Heinrich, „wie hast du das angestellt?"

Henri machte eine Geste, die selbstbewusst wirken sollte.

Er hatte sich herausgeputzt, das sah Agnes. Er trug Hemd und Schlips. Doch die Krawatte saß schief, damit man die Mottenlöcher im Hemdkragen nicht sah.

„Vermutlich warst du im Pfandhaus", sagte Novotny. „Das sollte man nicht machen. Pfandleiher sind Hals-abschneider."

Henri nahm den Korn, den Agnes vor ihn hingestellt hatte. „Jetzt lasst uns einfach trinken."

Agnes stieß mit ihm an und versuchte den Gedanken an den Pfandleiher beiseite zu schieben.

VII

1

Karl watete auf das Boot zu, das Inge unweit der Kogge festgemacht hatte. Unter mehreren Planen hatte sie das Zubehör für die Funkgeräte verstaut. Inge war in das Boot geklettert. Nun holte sie vorsichtig die verschiedenen Geräte hervor, von denen Karl nicht genau wusste, wozu sie dienten. Inge gab sie ihm behutsam in den Arm. Für einen kurzen Moment sah sie ihm dabei mit Nachdruck in die Augen, und Karl wusste, was zu tun war. Er passte auf, dass die Funkgeräte nicht nass wurden, während er sie zur Kogge trug. Ungeduldig wartete Joachim schon an der Eingangstür. Er wischte die Regentropfen von dem dunklen Metall, bevor er die Apparate in die Kogge trug.

„Hilf mir", sagte Inge, als Karl wieder am Boot war. Sie kniete am Rand und streckte ihm die Arme entgegen. Verhalten lächelte sie. Der Wind drückte die Kapuze ihrer Jacke an die Wange, und Karl spürte, wie der Regen auf seine Jacke trommelte.

Er reichte Inge den Arm. Sie stand auf, und während sie sich an ihm festhielt, stieg sie aus dem Boot. Sie lehnte sich an ihn. Für einen kurzen Moment fühlte Karl ihren Körper.

Leise sagte sie etwas, das er in Sturm und Regen nicht verstehen konnte, und dann gingen sie wortlos die wenigen Meter zur Kogge hinüber, während Karl den Arm um ihre Schulter gelegt hielt. Er traute sich nicht, sie dabei anzusehen, und als sie in der Kogge waren, wich sie seinem Blick aus.

Karl zog das Buch hervor, das er gerade immer las, wenn ihm ein Moment dafür blieb. Er besah es sich von allen Seiten. Es war nicht nass geworden, doch es fühlte sich feucht an. Er verstaute es in der Innentasche seiner Regenjacke.

„Wie weit bist du, Joachim?", hörte er Inges laute Stimme hinter sich.

Nervös fuhr sich Joachim durch die Haare.

„Wir müssen alles neu aufbauen. Das kann Stunden dauern."

„Umso besser, wenn wir gleich anfangen", sagte Inge.

2

Inge ging zu den Apparaturen.

Offensichtlich hatte Joachim sie zu einem System zusammengefügt, das Karl nicht verstand. Inge gab ihm Hinweise, wo er die Geräte abstellen sollte, auf dem Tisch, darunter, am Fenster, und sie selbst ging zwischen den metallenen Gegenständen umher, kniete sich da und dort hin und verkabelte sie. Ihr Haar löste sich aus dem Pferdeschwanz, achtlos schob sie es sich hinter das Ohr, und ohne ihn dabei anzusehen, erklärte sie Karl, was sie jeweils gerade tat.

„Das ist das Wichtigste", erklärte sie und wies auf einen kleinen Kasten: „Der Sender. Unsere Verbindung mit der Welt da draußen."

„Dieser Verbindung kann keine Flut was anhaben", sagte Joachim. Er hatte einen altklugen Gesichtsausdruck, den Karl noch gar nicht an ihm kannte. „Sie funktioniert über Radiowellen, die durch alles hindurchgehen, auch wenn da draußen das Wetter nur so braust."

„Ich dachte, sie werden vom Wetter gestört", sagte Karl.

Inge nickte. „Das ist unser Problem", sagte sie, „deshalb müssen wir alles noch einmal neu aufbauen. Ich habe schon um Hilfe gefunkt, die ganze Nacht saß ich davor, seit ich die Flutwelle gesehen habe. Aber immer wieder musste ich nachjustieren und zwischendurch alles verändern." Sie blickte Karl an. Obwohl sie sehr müde aussah, lag eine Heftigkeit in ihrem Blick.

„In der Dunkelheit konnte ich kaum etwas erkennen. Mir war nur klar, dass da was nicht stimmte, als ich das Fenster öffnete und jemand an mir vorbei getrieben ist."

Sie schüttelte den Kopf, als wollte sie den Gedanken abschütteln.

„Nur wenige Meter entfernt. Der war tot."

Mit den Fäusten rieb sie sich die Augen. Weinte sie? Karl wusste es nicht. Er wusste nicht, wie er reagieren sollte, und so legte er eine Hand auf ihre Schulter.

„Bald kommt Hilfe", sagte er, „sie werden die Funksprüche abgehört haben und sind bestimmt schon auf dem Weg."

Ein Ruck ging durch Inges Körper, mit dem sie seine Hand abschüttelte.

„Lass uns anfangen", sagte sie.

3

Zügig kamen sie voran, und Karl erkannte allmählich, wie alles zusammenhing, welche Schritte als nächstes anstanden. Einmal fühlte er das Buch in der Jackentasche. Am Morgen hatte er es eingepackt, um unterwegs zu lesen, und erst jetzt fiel ihm auf, dass er seither nicht daran gedacht hatte. Achtlos legte er es beiseite.

Der Sender war ein kleiner Kasten aus dünn verlötetem Metall. Als Karl ihn anhob, fühlte er sich kalt an und ungewöhnlich leicht. Karl vermutete, dass es sich um Aluminiumplatten handelte. Joachim schloss ein blaues Kabel daran an. Am anderen Ende mündete es in einen Metallkasten, von dem eine Sendeantenne abging und durch das Fenster nach draußen führte.

Karl stellte sich ans Fenster, während Inge sich die Kopfhörer auf die Ohren schob, an Sender und Empfänger drehte, mal schnell, dann wieder langsam, und immer wieder auf eine kleine Taste einhämmerte, die auf dem Pult stand. Den Morser. Ein Gerät, das Karl aus dem Postamt kannte.

„Langsamer", rief Inge. „Beweg dich langsamer."

Das Antennenkabel führte Karl nun langsam am Fenster entlang und beobachtete Inge dabei, lächelnd nickte sie schließlich. Karl versuchte, das Kabel so zu fixieren, wie es war.

„Kommt mal her", sagte Inge, und als Karl bei ihr war, stand Joachim bereits dort und hörte aufmerksam zu. Dann nahm er die Kopfhörer ab und schob sie Karl über die Ohren. Zuerst hörte Karl ein Rauschen und Knacken, atmosphärische Geräusche und dann eine dünne Stimme, die Zahlen- und Buchstabenfolgen durchgab.

„Setz dich." Inge wies Karl einen der schweren Holzstühle der Kogge zu.

„Der hier", sagte sie und wies auf den Sender, „der erzeugt elektrische Wellen, also Schwingungen. Mehrere Millionen Mal in der Sekunde jagen sie zwischen den Spulen und Kondensatoren hin und her, je nach der Wellenlänge. Diese Schwingungszahl muss exakt sein, sonst kommt von der Gegenseite eine Störmeldung zurück oder gar nichts. Wenn das passiert, müssen wir alles noch einmal machen, den ganzen Sender neu aufbauen."

Der Empfänger war ein schwarzer Kasten mit Drehknöpfen, die Karl entfernt an die Knöpfe eines Radios erinnerten; dazu eine Nadel über einem Ziffernblatt, auf dem Schriftzeichen waren, die er nicht verstand.

„Das ist volle Präzision, die neueste Technik", sagte Inge.

„Wie ein Atommeiler?", fragte Karl.

Inge überlegte und sagte dann: „Was ist das, ein Atom...?"

„Das ist eine Art Dampfmaschine. Die die Energie der Atomkerne freisetzt und verwendet. Eine Energie, die unvorstellbar stark ist."

„Stärker als so eine Sturmflut?", fragte Inge.

Joachim lachte etwas arrogant. „Natürlich. Die ist so stark wie die Atombomben. Damit kann man alles platt machen. Hiroshima, Nagasaki, Hamburg, einfach alles."

„Genau", sagte Karl. „Das ist eine Energie, mit der man die ganze Welt versorgen kann, wenn man es richtig anstellt."

„Das glaube ich nicht", sagte Inge. „Und überhaupt, hat das jetzt etwas mit der Flut zu tun und mit dem Funken?"

Karl zuckte mit den Schultern.

„Vielleicht", überlegte Joachim. „Theoretisch könnte man das Unwetter wegsprengen mit einer Atombombe, was meint ihr?"

Inge sah Joachim entgeistert an, und auch Karl wusste nicht, wie er auf diesen Gedanken reagieren sollte.

„Das würden wir nicht überleben", sagte Karl.

„Na und?", sagte Joachim. „Das überleben wir doch wahrscheinlich sowieso nicht, aber die Sturmflut hätten wir damit besiegt."

Inge sah ihn lange an und schüttelte kaum merklich den Kopf. „Träum weiter", sagte sie schließlich, „wir haben hier Wichtigeres zu tun."

4

Oke trat ein. Lange besah er die Funkgeräte. Unter den Arm hatte er einige Blatt Papier geklemmt, hinter ihm traten mehrere Männer in den Raum, freiwillige Helfer, die jetzt wichtige Mienen aufsetzten und ihn erwartungsvoll ansahen.

„Gute Arbeit", sagte er. „Ihr habt uns sehr geholfen."

Er wandte sich um. „Seit letzter Nacht haben wir keinen Strom mehr. Wir haben keine Verbindung nach draußen. Kein Telefon, und über mehrere Stunden hatten wir auch keinen Funk", sagte Oke. „Aber diese Leute hier haben das Unmögliche hinbekommen. Sie haben uns wieder mit der Welt verbunden. Wie habt ihr das geschafft?" Er blickte in die Runde. Auf Joachim, Inge, auf Karl, den er offenbar dazu zählte.

„Wir haben alles probiert", sagte Joachim.

„Irgendwann habe ich Durchsagen gehabt. Wassereinbruch am Gänsemarkt. Peterwagen, bitte kommen." Inge blickte nicht auf, während sie sprach, als sei sie es nicht gewohnt, vor so vielen Leuten zu sprechen.

„Peterwagen, bitte kommen", wiederholte sie nun, „da habe ich gewusst, das ist die Polizei."

Eine Weile blieb es ruhig. Dann sagte Oke: „Wir bekommen Hilfe, aus Hamburg und aus dem ganzen Bundesgebiet. Die Bundeswehr schickt uns Hubschrauber", sagte er, „wir wissen noch nicht wie viele, aber wir wissen, dass sie auf dem Weg sind." Er blickte in die Runde. „Fürs Erste können wir nur abwarten, bis Hilfe kommt. Der Sturm ist zu stark, um da jetzt selbst rauszugehen."

Vorerst blieb es still, und dennoch war Unruhe in der Gruppe. Dann rief jemand, dass da noch überall Leute seien, auf den Dächern, „die saufen uns alle ab."

Karl erkannte, dass es Heinrichs Stimme war. „Wir müssen...", rief er, „könnt ihr mich... lasst mich doch mal..."

Karl sah den Vater, der plötzlich aus der Gruppe getreten war. Er sah müde aus, wie er vor Oke stand, die anderen Leute im Rücken.

Die Männer sahen sich aufmerksam an.

„Wir kennen uns", sagte Oke.

Heinrich nickte und blickte starr in seine Augen.

Es blieb ruhig.

„Es nützt nichts", sagte Oke schließlich. „Ich verstehe all die Sorgen, aber wenn wir jetzt rausgehen, übermüdet, in die heftigste Sturmflut seit je, da bringen wir uns nur selbst in Gefahr."

„Gefahr", sagte Heinrich höhnisch. „Nichts zum Bibbern ist das. Gerade jetzt erst fängt die Arbeit an."

Fragend blickte Oke über Heinrich hinweg zu den anderen.

Fiete löste sich aus der Gruppe. „Komm, Heini, lass gut sein." Er legte die Hand auf Heinrichs Schulter. „Wir haben genug getan."

Heinrich ließ die Hand dort liegen. „Wenn wir nichts machen können, dann kann mein Junge erst recht nichts unternehmen." Damit wischte er Fietes Hand von der Schulter. „Das ist kein Spielzeug, so ein Funkgerät, was für Profis. Diese Dreikäsehochs hier, die sind doch nicht mal alt genug, um damit umzugehen." Er blickte Oke aufmerksam an.

„Zu entscheiden, ob die das können oder nicht, ist nicht meine Aufgabe. Ich kann nur sehen, was sie für Ergebnisse liefern, und die sind gut." Damit wandte er sich demonstrativ um. „Ihr macht weiter wie gehabt", sagte er und sah Joachim, Inge und Karl flüchtig an. Dann ging er.

Heinrich blieb im Raum, während die anderen sich wieder ihren Gläsern zuwandten.

„Ist das deines?", fragte Inge und wies auf das Buch, das Karl vorhin auf die Fensterbank gelegt hatte.

„Geliehen", sagte er.

„Gut?"

„Ich habe erst zwei Seiten gelesen", sagte er und fügte hinzu: „Ein paar andere Sachen kenne ich schon, von dem Autor."

„Geht es um Strom?"

„Es geht um den Fluss", erwiderte er.

„Den Fluss", wiederholte sie, und flüsternd las sie den Titel des Buches: Mann im Strom. Sie sah Karl in die Augen, als sie sich an eines der Funkgeräte setzte und den Kopfhörer zur Hand nahm. „Leihst du es mir einmal?"

„Ich leihe es für dich aus", sagte er, „in der Bibliothek." Sie nickte, schob sich die Hörer über die Ohren, drehte am Frequenzregler und horchte mit konzentriertem Blick. Vor ihr lag ein abgegriffenes Taschenbuch. Karl nahm es zur Hand, blätterte darin. Es hatte Eselsohren, manche Seiten lösten sich vom Buchrücken, der gebrochen war. „Rufzeichenliste der deutschen Amateurfunkstellen, herausgegeben von der Deutschen Bundespost", las Karl. Er schlug es an der Stelle auf, wo die Seiten lose waren. „Hamburg", las er, „Harburg-Wilhelmsburg". Er las einige Adressen, Geraer Weg, Fährstraße, und pro Adresse eine Buchstabenkombination: „DJ 3 MM", „DJ 9 OK".

„Das sind die Rufzeichen", sagte Joachim. „Die versuchen wir anzufunken." Er nahm Karl das Buch aus der Hand, schlug es in der Mitte auf, blätterte die Seiten um und überflog sie, als suche er nach etwas. „Ich habe eine eigene Adresse", sagte er.

Während Joachim noch suchte, betrat Heinrich wieder den Raum. Karl sah, wie er auf ihn zukam.

„Sieh mal, Vater", sagte er, „Joachim zeigt mir gerade...", er wies auf das Taschenbuch in Joachims Händen, doch fiel ihm nicht ein, was er sagen sollte.

„Später." Heinrich schob und schubste ihn an der Schulter zur Seite, bis sie einige Meter entfernt einander gegenüberstanden.

Heinrichs Blick war angestrengt, eine Mischung aus Wut und Schmerz.

„Die Leute auf den Dächern", sagte Heinrich, „du hast sie doch gesehen."

Karl nickte. Er dachte an die Familie, die auf einem der Dächer ausgeharrt hatte, und an die Menschen in den Bäumen.

„Wir müssen sie da wegholen, bevor die Flut das macht." Er wandte sich ab, blickte hinter sich, und erst jetzt sah Karl Fiete. Karl konnte erkennen, dass er betrunken war.

„Fiete", sagte Heinrich zu Karl und wandte sich auch an Joachim. „Er leiht uns sein Boot."

„Passt gut... passt drauf auf", sagte Fiete.

„Natürlich", Heinrich beugte sich zu Fiete, „du würdest selbst los, wenn du jünger wärst."

„Oder nicht so betrunken", sagte Joachim.

„Was?"

„Fiete fährt nicht los, weil er gesoffen hat", sagte Joachim, „ist auch besser so."

„Hör mir mal zu", sagte Heinrich und versuchte, ruhig zu bleiben. „Wir brauchen Fietes Kahn, und dass er ihn uns leiht, ist doch gut." Heinrich schien sich über Joachims Worte mehr zu ärgern als Fiete. „Bei Fiete hier entschuldigst du dich jetzt", sagte er.

Joachim hielt Heinrichs Blick stand, und erst als Heinrich zur Seite blickte, sah Joachim auf Fiete.

„Ich habe es nicht böse gemeint", sagte Joachim. „Aber du hast schon zu viel getrunken, um da rauszugehen." Joachim wies nach draußen. „Hol dir noch einen Korn, wir machen das schon selbst."

Fiete lachte.

„Du bist ja wohl ganz basch", sagte Heinrich, „dir werd' ich die Hammelbeine langziehen."

Joachim sah Heinrich, der kleiner war, von oben an. Er versuchte sich zu wehren, doch Heinrich war kräftiger und schubste ihn zurück.

Inge, die aufgesprungen war, lief einige Meter auf sie zu, blieb dann aber stehen.

Wieder ging Heinrich auf Joachim zu. Er ließ ihn nicht aus den Augen. Als er vor ihm stand, sah er ihn lange von unten an.

„Lass mal gut sein, Heini", sagte Fiete schließlich. Er hielt Heinrich am Arm fest. „Ihr kriegt mein Boot", wandte er sich in Joachims Richtung. „Du und Heinis Junge." Fiete schwitzte, nahm sich die Mütze vom Kopf und fuhr sich damit über Hals und Stirn.

„Das Boot ist oben", sagte Fiete. „Holt es euch und wir…", Fietes Stimme war schwer und langsam wandte er sich zu Heinrich, „… wir zwei beide, wir sehen uns um, ob Novotny noch Korn hat. Einen Korn hat Novotny immer irgendwo." Damit zog Fiete Heinrich hinter sich her.

Heinrich, der sich mitziehen ließ, wandte sich um und über die Schulter sagte er: „Und keinen Unfug. Wehe ihr macht Unfug damit."

VIII

1

Die Leute drängten sich an die Theke. Novotny schlug einen Befehlston an, dass sie sich ordentlich aufstellen und die Schüsseln mit dem Essen nach und nach entgegennehmen sollten.

Agnes schöpfte die Suppe aus dem Bottich und dachte an den gestrigen Abend, die Flut, die Verwüstungen, und als sie Henri sah, musste sie daran denken, wie er vom Pfandleiher zurückgekommen war und stolz seine Rechnung beglichen hatte. Jetzt winkte er ihr zu, und sie nickte leicht.

Der Pfandleiher hatte seinen Eckladen in der Nähe von Novotnys Wohnung. Wie es dort jetzt aussah, fragte sie sich. Sie war nur einmal da gewesen, als Heinrich für mehrere Wochen ohne Einsatz gewesen war. Stattdessen hatte er in der Kogge gesessen, getrunken und gegessen und alles anschreiben lassen. Tag für Tag sah Agnes die länger werdende Liste. Novotny einen Teil der Rechnung zu unterschlagen, hatte keinen Sinn, Novotny wusste bei allen und besonders bei Heinrich, wie viel angeschrieben war.

Also brachte sie Heinrich dazu, der Kogge fernzubleiben. Obwohl er nicht arbeitete, sah er von Tag zu Tag müder aus. Etwas musste geschehen.

Als sie eines Abends nach Hause kam, fand sie die Mahnung des Vermieters im Briefkasten.

„Du musst was ändern", sagte sie zu Heinrich, der in der Küche saß und aus einem Teebecher Schnaps trank. Oft stand sie am Fenster der Kogge, wenn nach dem Ende einer Schicht die ersten Arbeiter aus dem Hafen kamen und Heinrich wieder nicht dabei war. Dann wusste sie, dass er in einer anderen Kneipe war oder mit einer Flasche Fusel im Keller saß; sie roch es, wenn sie nachts von der Arbeit nach Hause kam.

Eines Abends war er doch wieder in der Kogge.
Er lächelte verlegen, als er Agnes sah, und ging direkt ins Hinterzimmer. Dort setzte er sich zu den anderen. Sie knobelten um Getränke, wobei Heinrich meist verlor. Umso großspuriger bestellte er Korn und Bier.
Agnes brachte die Bestellungen, verteilte sie und räumte die leeren Gläser ab. Sie wischte über die Tischplatte und bemühte sich, weder Heinrich noch die ganze Runde anzusehen.
„Meine Frau", sagte er. „Immer an der Arbeit." Und lachte bitter dabei.
Pauline, die neben Henri saß, kicherte. Ein Bein hatte sie auf dessen Oberschenkel gelegt und den Arm um seine Schultern. Wie beiläufig strich sie durch sein Haar, während er mit der Hand ihren Schenkel entlangfuhr.
„Setz dich doch mal zu uns", sagte Pauline. „Eine Runde gebe ich aus, nur für dich."
„Ach, das brauchst du nicht." Henri machte eine gönnerhafte Geste. „Dafür bin ich doch da."
Agnes ging an die Theke. In ihrem Rücken hörte sie Paulines Kichern und Heinrich, der den anderen zuprostete.

Es fiel ihr schwer, seine Stimme zu ertragen. Durch den Türspalt nahm Agnes wahr, wie verzweifelt, fast wütend er den Korn kippte und das Bier in sich hineintrank. Er war ihr fremd.

Ab und zu fing sie Novotnys Blick auf, der zwischen ihr und Heinrich hin- und herstrich, und erwartete jeden Moment sein Einschreiten.

Mal wurde der Schnaps vorher getrunken, mal als U-Boot in das Bierglas versenkt, und wenn die Gläser ausgetrunken waren, stellte Novotny sie an den Rand des Tisches, sodass Agnes sie abräumen konnte, ohne sie beim Knobeln zu stören.

Sie hörte das Klacken der Würfel im Becher und auf der Tischplatte, den Jubel der anderen und schließlich Heinrich, der ihren Namen rief. Sie sah seinen Arm, den er in Richtung Theke hob.

„Heini", sagte Novotny plötzlich, „ich glaube, du hast genug."

Heinrich wich seinem Blick aus.

„Du musst mir jetzt", sagte Novotny, überlegte und betonte dann jedes Wort: „Ich sage dir, du musst mir jetzt zuhören." Und dann rief er plötzlich: „Hör auf mich!"

„Was?", sagte Heinrich, „was… will der eigentlich?" Er blickte sich um. „Dass ich genug habe, sagst du mir? Das kann doch wohl nicht angehen!" Mühselig stand er auf und torkelte nach vorne, stützte sich an der Wand ab und blieb stehen. „Ich hol mir jetzt…ich… selbst was."

Er musste aufstoßen und schluckte.

„Da kann mir keiner was … keiner." Mit Schlagseite ging er einige Meter weiter und torkelte zur Seite.

Jetzt wurde es Agnes zu bunt. An der Hinterzimmertür stellte sie sich vor ihn. „Was fällt dir eigentlich ein?", sagte sie, „dass du dir hier so die Kante gibst und das ganze Geld versäufst, ohne dass wir selbst welches haben?"

Er sah sie an und wandte sich dann um. An der Reaktion der anderen konnte sie erkennen, dass er sich über sie lustig machte.

„Das ist für dich wahrscheinlich nicht immer leicht, eine Arbeit zu finden, und ich will da gar nichts sagen, aber das hier … das geht einfach zu weit. Dass du hier alle saufen lässt auf unsere Kosten, das", Agnes versuchte, das Zittern in ihrer Stimme zu unterdrücken, „das geht auf keine Kuhhaut."

Fiete und Henri lachten und sahen sie erwartungsvoll an.

„Reiß dich zusammen, Heinrich", sagte sie.

„Genau", sagte Henri, „du bist so ein Dösbaddel."

„Sag das noch mal", sagte Heinrich.

„Sehr wohl verstanden hast du mich", erwiderte Henri. Heinrich machte einen Schritt auf Henri zu, verharrte dann und wandte sich wieder ab. Er fasste Agnes am Arm, und plötzlich war sein Gesicht dicht vor ihrem.

„Wie viel ich zu trinken habe, da schreibt mir keiner was vor." Langsam und mit Nachdruck wischte er sich den Spuckefaden vom Mund. „Wenn ich mal so einer bin, dem die Frau sagt, was er tun soll, dann kann ich mich nicht mehr anschauen im Spiegel." Ihr Arm war fest in seinem Griff. Es schien ihr, als halte er sich an ihr fest. „Und jetzt", sagte er mit Nachdruck, „für mich und meine Freunde hier machst du noch eine Runde fertig."

„Nein", erwiderte Agnes. Sie schüttelte sich, um ihren Arm seinem Griff zu entreißen.

„Agnes."

Sie schubste ihn, und indem er zur Seite torkelte, ließ er sie los. Er fiel auf einen Stuhl und in einer halben Drehung landete er auf dem Boden. Es gab einen dumpfen Laut, als er mit dem Gesicht auf die Bretter prallte und direkt zu Paulines Füßen zu liegen kam, worauf diese hektisch aufstand.

Von oben blickte sie auf ihn hinunter, und dann sagte sie: „Mir reichts", suchte ihre Sachen zusammen und verließ in Windeseile die Kogge.

Auch die anderen waren aufgestanden, um einen besseren Blick auf Heinrich zu haben, der sich nicht bewegte.

Agnes hockte sich neben Heinrich, rüttelte an ihm, und als er sich nicht rührte, drehte sie ihn und versuchte ihn aufzusetzen.

„Hallo?", sagte Novotny zu Fiete und Henri. „Könnt ihr der Dame des Hauses vielleicht mal helfen?"

Henri stand schwerfällig auf, rülpste und stakste bedächtig auf Agnes zu. „Komm, Agnes", sagte er, wischte sich über den Mund und hielt sich die Stirn. „Ich helfe dir ..."

„Nicht mir, du Idiot", sagte Agnes. Mit aller Kraft war es ihr inzwischen gelungen, Heinrich aufzusetzen. Sie schwitzte und legte den Arm um seine Schultern.

Jetzt stand auch Fiete bei ihnen. Die beiden auf der einen, Agnes auf der anderen Seite, hoben sie Heinrich hoch. Mit verträumtem Gesichtsausdruck lallte er etwas vor sich hin. Agnes roch den Alkohol in seinem Atem.

„Geht es?", fragte Novotny, der inzwischen aufgestanden war und sich auf dem Tisch abstützte.

„Natürlich geht es", sagte Agnes, und indem sie Heinrich abstützte, verließ sie mit ihm das Hinterzimmer.

Hinter sich hörte sie es poltern und Henri sagte: „Ach du Scheiße."

„Geht es dir gut, Novotny?", fragte Fiete.

Agnes riss die Tür der Kogge auf, und als sie draußen waren, verflog der Geruch von Heinrichs Atem bald im Wind.

2

Am nächsten Morgen blieb Heinrich einfach liegen. Er schlief den ganzen Tag.

Agnes bereitete Speisen für die Kogge vor. Sie kochte Kartoffeln, pellte sie, schnitt Gemüse und machte Eintopf. Sie mischte Hackfleisch mit Brot, kleingeschnittenen Zwiebeln und Eiern und formte Fleischklopse daraus, die sie in viel Öl briet.

An anderen Tagen kamen Heinrich und Karl nacheinander in die Küche, Karl, weil er dem Geruch nach frisch Gebratenem folgte, und Heinrich aufgrund eines Vorwands, den er immer fand, wobei er sich beiläufig an die Herdplatte stellte und tief einatmete.

Doch diesmal war es nur der Junge, der sich zu Agnes setzte. Er blätterte in einem Buch, das er sich aus der Bücherhalle geholt hatte. Seit sie darauf achtete, wie viele Bücher er auslieh, entschied er sich nur noch für dicke Schwarten, an denen er lange las und für die er sich noch mehr zu begeistern schien. Wenn er schlief, blätterte sie die Bücher durch. Einmal fand sie eine Zeichnung, eine Figur am Bücherregal darstellend, und als sie umblätterte, las sie: „Pfandbrief und Kommunalobligation." Sie fragte sich, was das zu bedeuten hatte.

Sie holte die Bücherkarten hervor, die jeweils an der Innenseite des Buchdeckels eingesteckt waren. In wenigen Sätzen fassten die Bibliothekarinnen die Handlung des Buches zusammen. „Fernando del Magellans Weltumseglung zu Beginn des 16. Jahrhunderts", hatte sie einmal gelesen und ein anderes Mal: „Mit großer Eindringlichkeit wird der harte Lebenskampf einer norwegischen Fischergemeinschaft dargestellt", und auf wieder einem anderen Kärtchen las sie: „Die armselige und zugleich wundersame Kindheit eines isländischen Knaben zwischen allerlei Käuzen und Sonderlingen. / Verfasser: Nobelpreis für Literatur 1955." Oft war von Hand eine Zahl auf die Kärtchen geschrieben worden, zwölf, zwei oder vierzehn. Was hatte diese Zahl zu bedeuten? Sie hatte sich vorgenommen, eine der Bibliothekarinnen zu fragen, wenn sie das nächste Mal mit dem Jungen in die Bücherhalle ging. Als sie aber am Eingang der überheizten Bibliothek stand und auf Karl wartete, der ihr dann die drei oder vier Bücher einzeln vorlegte, hatte sie es vergessen gehabt. Denn unter den strengen Blicken der Bibliothekarin traute sie sich nicht, die Kärtchen durchzulesen. Verstohlen besah sie den Einband und versuchte aus den Zeichnungen – einer Walflosse auf der Welle, einem Segelboot auf der See, einem Jungen auf der Straße – etwas über den Inhalt des Buches zu erraten. Die Buchstaben von Titel und Autor verschwammen unter ihrem Blick, und während ihr Gesicht heiß wurde und zu kribbeln begann, bemerkte sie, dass sie sich diese Wörter nicht merken konnte. Immer wieder legte Karl Bücher dazu, auf deren Einband Monster zu sehen waren, Mordopfer oder grimmige Kommissare im Trenchcoat. Gegen diese Bücher entschied sie sich in aller Hast und verließ die Bibliothek. Sie ärgerte sich über sich selbst, dass sie im Beisein der Bibliothekarinnen immer so nervös wurde, und beobachtete durch das Fenster, wie Karl die Bücher zur Frau über den Tresen schob. Streng begutachtete sie den Einband des Buches, zog einen Zettel aus dem Karteikasten und schrieb schnell etwas darauf. Danach notierte sie etwas auf dem Büchereiausweis, den Karl ihr vorgelegt hatte.

Als er jetzt in die Küche trat, hatte er ein Buch dabei, auf dessen Umschlag ein Mann mit Holzbein und Harpune sowie ein riesiger Wal zu sehen waren.

„Wie viele Frikadellen man aus so einem Wal wohl machen kann?", sagte sie, während sie die Frikadellen briet.

Karl sah von seinem Buch auf. Sein Blick fiel auf die Fleischklöße, während er überlegte.

„Damit würde man ganz Wilhelmsburg satt bekommen, was meinst du?"

Karl nickte.

„Hier", sagte sie, als sie die Buletten aus dem heißen Fett nahm und legte eine beiseite. „Aber gib die Hälfte deinem Vater, wenn er heute noch aufsteht."

Karl setzte sich und begann zu essen.

„Wovon handelt das?" Agnes klopfte mit dem Pfannenwender auf das Buch.

„Ach", sagte Karl, kaute und schluckte. „Es handelt von einem Kapitän, der auf der Jagd nach einem Wal ist."

„Nach einem bestimmten Wal?"

Karl nickte. „Er will sich an ihm rächen?"

Agnes nickte und sah auf das Buch.

„Der hat ihm das Bein abgerissen", sagte Karl.

„Klingt dramatisch."

„Es ist eben ein Abenteuerroman", erwiderte Karl und schob sich ein Stück Frikadelle in den Mund.

Dann stand er auf und ging ins Wohnzimmer.

Als sie ging, um nach ihm zu sehen, stand der Teller mit der Frikadelle auf dem Wohnzimmertisch, den der Junge an das Bett des Vaters geschoben haben musste.

Sie ging zurück in die Küche, um den Eintopf von der Herdplatte zu nehmen und füllte zwei Portionen ab, eine für den Jungen und sich und eine weitere für Heinrichs Henkelmann.

3

Nachdem Heinrich seinen Rausch ausgeschlafen hatte, stand er auf. Sein Gesicht war zerschrammt vom Sturz. Er wusch es lange im kalten Wasser, rasierte sich und zog ein frisches Hemd an, um sich auf den Weg in den Stall zu machen. Wenn es dort wieder keine Arbeit für ihn gebe, werde er eine andere Lösung finden, sagte er.

Agnes traf ihn auf der Straße wieder, mittags, auf dem Weg in die Kogge. Schon von weitem sah sie ihn, wie er dastand und sich nach allen Seiten umschaute. Als er sie wahrnahm, kam Spannung in seinen Körper. Er ging auf sie zu, streckte ihr die Hand entgegen, und etwas unbeholfen strich er über ihre Wange.
„Jetzt ist es soweit", sagte er. Es sei der Tag, an dem sich alles ändere. Er werde die Miete bezahlen, die Schulden in der Kogge, und wenn dann noch etwas übrig bleibe, auch das Fahrrad des Jungen. Einen Plan, an Geld zu kommen, habe er gemacht, dafür brauche er ihre Hilfe.
Heinrich war ordentlich angezogen, als sei er auf dem Weg, ein wichtiges Geschäft abzuschließen.
„Es ist absolut sicher und dauert nicht lange", sagte er. Er zog schon an ihr, mit der einen Hand, und mit der anderen drängte er sie in die Richtung, aus der sie gekommen war.

Ihr war es recht. Sie wollte, dass die Probleme ein Ende hätten, und sie wollte, dass es schnell ging. Erst jetzt sah sie, dass er die Lotsenmütze wie ein Bündel trug.

„Es ist hier", sagte er. Er wies auf einen schmalen Laden an einer Hausecke. „Leihhaus Lehner" stand über dem Laden. Er wollte schon weitergehen, doch sie hielt ihn zurück.

Heinrich sah sie fragend an.

„Da willst du also hinein", stellte sie fest.

Stramm stellte er sich auf, hielt den Rücken gerade wie ein Brett und sah über sie hinweg. Sein Blick wirkte abwesend, verzweifelt. Es war ein Gesichtsausdruck, den sie schon lange kannte, doch eine Unruhe war hinzugekommen. Sein Blick, der sonst fest war, wischte nun immer wieder an ihr vorbei und fixierte einen Punkt knapp neben ihrem Kopf. Kaum je war ihr Heinrich so fremd gewesen.

Er nickte leicht, als wäge er seine Entscheidung noch ab. „Sie zahlen gut, hat Henri gesagt."

„Henri also", Agnes bemühte sich, nicht zu spöttisch zu klingen. „Und was willst du von mir?", fragte sie und verschränkte die Arme.

Er wich ihrem Blick aus: „Wenn man mit seiner Frau auftritt, wirkt man ehrlicher."

Lange sah sie in sein bleiches Gesicht und in die Augen, um die ein dunkler Rand lag. Wenn er so aussah, würde das nichts werden. Sollte sie allein hineingehen und ihn hier warten lassen? Doch was, wenn sie weniger herausschlug, als er sich erwartete?

„Was ist?", fragte er unruhig.

Sie zog ihn in einen Hauseingang, schaute ihm in die Augen und gab ihm eine Ohrfeige. Sie hatte nicht fest zugeschlagen, doch mit verdutztem Gesichtsausdruck sah er sie an.

Augenblicklich errötete er und sah sich um.

„Was machst du?", fragte er. „Warum?"

„Dass du etwas Farbe bekommst, im Gesicht", erwiderte sie, „sonst denken die, sie können alles mit uns machen."

Aus seinem Gesicht war die Verzweiflung gewichen. Plötzlich sah er jünger aus, wie der Mann, den sie einmal gekannt hatte, und kicherte. Als sie aufblickte, sah sie, dass auch er schmunzelte.

Er versuchte sie zu umarmen, und sie ließ es geschehen. Doch dann löste sie sich aus der Umarmung und sah ihn von oben bis unten an. „So will ich dich sehen", sagte sie. „Und jetzt komm."

4

Ein alter Mann saß an einem schmalen Tisch. Ein großes, in Leder gefasstes Buch lag aufgeschlagen da. Der Alte beugte sich darüber und mit ordentlicher Schrift trug er etwas ein.

„Wir haben ein paar Dinge", sagte Heinrich.

„Ich weiß", erwiderte der Alte, „alle haben ein paar Dinge", sah kurz auf und beugte sich wieder über das Buch. Ein Muster aus gleichmäßig mit Füllfederhalter gezogenen Linien war eingezeichnet, es ergab unterschiedlich große Felder und Kästchen, in die der Alte eine Nummer, Name und Anschrift von Personen eintrug und dazu eine Bemerkung in einer Schrift, die Agnes nicht lesen konnte.

„Ich höre."

„Blomstedt."

Der Alte nickte und trug den Namen ins Buch.

Das Ladengeschäft des Pflandleihers war angefüllt mit Regalen, vom Boden bis unter die Decke, mit größeren und kleineren Fächern, vielen Schubladen. Dazwischen ging ein junges Mädchen herum.

Sie trug ein derbes Arbeitshemd und eine Latzhose. Die Kleidung war ihr zu groß, am Saum umgekrempelt, und dennoch konnte Agnes erahnen, dass sie kräftig war. Ihr Haar hatte sie zu einem Pferdeschwanz gebunden, ihre braunen Augen waren groß und rund, die Lippen spröde. Sie räumte Lampen, Pokale, eine Teekanne, Kleidungsstücke in die Regale und versah sie mit Nummern.

Als Agnes das Mädchen beobachtete, musste sie an Karl denken. Sie schätzte, dass sie in seinem Alter war. Seine Konfirmation war vor wenigen Monaten erst gewesen, ein Fahrrad hatten sie ihm versprochen, zu Weihnachten sollte er es bekommen. Aber woher das Geld nehmen?

„Dreiundachtzig", sagte der Alte. Er gab Heinrich einen kleinen Zettel, auf dem die Nummer stand. „Vorne abgeben, wenn Sie aufgerufen werden."

Sie setzten sich auf eine Holzbank neben einen dünnen Mann mit Schnauzbart.

Heinrich verbarg etwas in seiner Mütze, die er fest in der Hand hielt. Dann hielt er sie hoch, und wie um sich zu versichern, ob es noch dort war, fasste er danach. Gerade dadurch fiel es zu Boden, ein schwarzes Taschenmesser, auf dem in heller Schrift ein Wort eingraviert war.

„Das ist was Schönes", sagte der Schnauzbart zu Heinrich, „lass mal sehen."

Heinrich beeilte sich, das Messer aufzuheben. „Ein Werbegeschenk, aus Solingen, es ist was wert." Heinrich hielt das Messer hoch und öffnete die Klinge. Sie glänzte, ein schöner Kontrast zum ebenholzfarbenen Griff.

Er hatte es von der Arbeit mitgebracht und erklärt, der Stauerviez habe es ihm geschenkt.

Das Mädchen, das zuvor die Regale sortiert hatte, ging durch den Raum und rief die Nummer dreiundachtzig auf. Hektisch zog Heinrich den Zettel hervor.

„Dreiundachtzig", las Agnes laut vor, „das ist unsere Nummer."

Heinrich stürzte nach vorne, an einen Tisch, der am Fenster stand, legte die Mütze auf den Tisch und setzte sich unaufgefordert auf einen Stuhl.

Was die Mütze zusammengehalten hatte, leerte der Pfandleiher auf den Tisch. Er trug eine zu große Weste, sein Gesicht war auf der einen Seite verkniffen, als habe es sich der Lupe angepasst, die er immer wieder ans Auge klemmte. Eingehend besah er die Dinge und machte sich Notizen.

Heinrich saß da, die Mütze zwischen den Händen haltend, und blickte zu Boden. Er wollte von den anderen Leuten nicht gesehen werden.

Agnes, die ihm nur langsam an den Tisch gefolgt war, blickte sich um. Es war noch eine Frau im Raum, sie trug eine Schürze und ein Kopftuch und zählte immer wieder etwas durch, die Lippen tonlos bewegend.

Ein Mann mit flachem Gesicht, nach vorn gekämmten Haaren und vorstehenden Augen saß auf einem Stuhl und blickte immer wieder in einen Stoffbeutel.

„Du weißt, dass das nichts wert ist?", sagte der Pfandleiher beiläufig.

„Wie meinen Sie das?", fragte Heinrich.

„Die Sachen müssten in Papier oder Stoff eingeschlagen sein, sonst ist anzunehmen, dass es Hehlerware ist."

„Hehlerware", wiederholte Heinrich.

„Wo hast du es her?", fragte der Pfandleiher.

„Das ist", Heinrich blickte sich um, „das ist alles von uns, rechtmäßig gekauft. Dieses Messer hier…"

„…ein Werbegeschenk."

„Aber es ist doch etwas wert, sehen Sie." Heinrich wies darauf.

Der Mann klappte die Klinge aus und besah sie eingehend. „Also gut", sagte er schließlich. Er nannte einen Preis.

„Was?", sagte Heinrich. „Das ist zu wenig. Ich… Wir hatten uns viel mehr erwartet. Wir brauchen das Geld. Meine Frau, die Familie…"

„Ist das deine Frau?"

Heinrich nickte. Agnes trat an den Tisch. Lange ruhte der Blick des Pfandleihers auf ihr.

„Kann man da gar nichts machen?", versuchte es Heinrich noch einmal.

Träge sah ihn der Pfandleiher an. Dann klemmte er sich die Lupe zwischen Augenbraue und Tränensack, beugte sich über die Dinge und schüttelte langsam den Kopf.

„Das ist mein letztes Angebot", sagte er, „entweder ihr geht darauf ein, oder es wird nichts."

„Ich habe es", sagte Heinrich und griff an sein Handgelenk. Er nestelte am Uhrband und zog sich die Uhr schließlich vom Handgelenk, hielt sie dem Pfandleiher entgegen. „Aus dem Krieg, mit Handaufzug."

Der Pfandleiher warf einen Blick auf die Uhr, auf das schwarze Zifferblatt. In der Dunkelheit hatte Agnes oft bewundert, wie die Zahlen und Zeiger leuchteten. Er sah sich die Uhr mit gespieltem Desinteresse an.

„Ich kann die Uhr auch aufziehen", sagte Heinrich und versuchte, nach ihr zu greifen, doch der Pfandleiher zog sie weg und sah ihn streng an.

Dann zog er die Uhr auf und horchte auf das Ticken. Agnes schien es, als höre sie ein gleichmäßiges Schnurren.

Jetzt untersuchte er wieder die Uhr, das Zifferblatt, das Gehäuse, das Armband, und schrieb alles auf seine Liste.

Dann blickte er Heinrich an. „Dreißig für alles." Er hielt Heinrich die Hand entgegen, die linke ruhte auf der Liste.

Heinrich schien sich zu freuen und ergriff die Hand.

Der Pfandleiher umfasste Heinrichs Hand mit so festem Druck, dass die Knöchel weiß hervortraten. Dann schob er Heinrich die Liste zu. „Unterschreiben. Das Geld gibt es vorn beim Ausgang."

Heinrich entwand die Hand dem festen Griff, sah den anderen misstrauisch an und unterschrieb.

Der Pfandleiher händigte ihm eine Kohlekopie aus, ein Blatt dünnen, glatten Papiers. Dann wandte er sich ab, als seien Heinrich und Agnes nicht mehr anwesend, und rief das Mädchen herbei. „Pass mir auf die Uhr auf", meinte Agnes gehört zu haben, als sie vor dem kleinen Tisch des unrasierten, alten Mannes standen.

Dieser nahm den Zettel entgegen und sagte: „Zwanzig also."

Heinrich blickte den Mann ungläubig an und wurde kreidebleich. „Sie müssen sich verlesen haben", sagte er zu dem alten Mann, der eine Kasse hervorzog und das Geld zusammenzählte.

Der Alte hielt inne. Er blickte auf den Zettel. „Aber hier steht es doch." Er wies auf die Liste. „Sie haben es selbst unterschrieben."

Entsetzt sah Heinrich ihn an und blickte zum Pfandleiher hinüber, der am Regal stand, sich sorgenvoll die Lupe aus dem Auge nahm, in die Hosentasche steckte und seine Stirn mit einem Taschentuch abwischte.

„Na warte." Heinrich stürzte sich auf den Pfandleiher. Er packte ihn am Schlafittchen und rüttelte an ihm. Mehrere Gäste kamen herbei und zogen ihn zurück, sodass er den Pfandleiher loslassen musste.

„Beruhigen Sie sich", rief einer von ihnen.

„Beruhigen? Dieses Schwein hat mich um … ich weiß nicht wie viel betrogen", rief Heinrich.

Heinrich nicht aus den Augen lassend, entfernte sich der Pfandleiher und klopfte sich den Staub von der Weste. „Jetzt beruhigen wir uns alle mal", sagte er. „So etwas passiert mir leider nicht zum ersten Mal."

„Das Hemd, Herr Pfandleiher", rief der Mann mit den vorstehenden Augen, „es ist zerrissen."

Sofort kam der Alte herbeigeeilt, und während er sich mit Sicherheitsnadeln an dem Hemd zu schaffen machte, sagte der Pfandleiher: „Das bezahlt ihr mir, jetzt habt ihr ja Geld. Mein Geld." Und mit einer ruckartigen Bewegung verschwand der Pfandleiher in einem Nebenraum.

5

Sie gingen durch Wilhelmsburg, ohne ein Wort zu wechseln. Er versuchte jedes Mal, ihrem Blick auszuweichen. Und als sie schließlich die Wohnung betraten, zog er sich die Jacke aus und schleuderte sie auf den Boden. „Scheiße", rief er. Ein Speichelfaden rann aus seinem Mund.

Agnes versuchte ihn in den Arm zu nehmen. Er wehrte ab. Ein Gerangel entstand. Sie fiel hin und zog ihn mit sich. Sein Kinn schlug an ihre Nase, Tränen stiegen ihr in die Augen, sie wälzten sich. Langsam gingen sie dazu über, sich auszuziehen. Sie küsste ihm Gesicht und Kopf, während er sie mit festen Bewegungen streichelte. Es dauerte lange, bis sie ihn in sich aufnahm.

Sie musste eingeschlafen sein, denn als sie aufwachte, saß Heinrich auf dem Stuhl, hatte sich eine Zigarette gedreht und zündete sie an.

„Wie lange habe ich geschlafen?"

Er sog an der Zigarette, hob die Schultern und reichte sie ihr.

„Du solltest bald los, in die Kogge", sagte er, während sie einen tiefen Zug von der Zigarette nahm.

Plötzlich fühlte sie sich hellwach.

„Kommst du mit?", fragte sie.

Novotny hob die Augenbrauen und reichte Karl wortlos ein Bier. Karl brachte es an einen der Tische. Fragend blickte er Heinrich und Agnes an, als sie am späten Nachmittag die Kogge betraten.

„Euer Sohn hilft mir zum Glück, ich bezahle gut."

„Das weiß ich", sagte Agnes. Beiläufig blickte sie zu
Karl hinüber und stellte sich hinter den Tresen.

Je näher sie der Kogge gekommen waren, desto ruhiger
war Heinrich geworden. Jetzt stand er zwischen Tür
und Theke. Er mied den Blickkontakt mit den anderen.

„Heinrich hat euch was zu sagen", sagte Agnes.

Es wurde ruhig in der Kneipe.

Auch die Männer an den Tischen, Arbeiter mit schmutz-
verkrusteter Arbeitskleidung, sagten nichts.

Heinrich blieb eine Weile stehen und blickte zu Boden,
dann setzte er sich auf einen Barhocker. „Ich habe…",
Heinrich zögerte, und bei jedem Wort, das er jetzt
sprach, schien es, als müsse er es aus der Tiefe seines
Kehlkopfes hervorholen: „Bezahlen kann ich jetzt alles
– fast alles."

„Ist gut", sagte Novotny. Er lehnte sich auf den Tresen
und legte die Hand auf Heinrichs Schulter, doch Heinrich reagierte nicht.

„Darauf trinken wir einen", sagte Novotny.

„Nein", sagte Heinrich sofort, „ich", sagte er, hielt
inne, „ich will das nicht mehr."

„Der geht aufs Haus", sagte Novotny, und als Heinrich
nicht reagierte, fügte er hinzu: „Ein Korn hat noch keinem geschadet." Er hob den Arm von Heinrichs Schul-

ter und rief mit lauter Stimme, dass die nächste Runde auf ihn ginge, „denn jetzt sind wir wieder vollzählig, und das muss gefeiert werden."

Die anderen Kneipengäste johlten. Agnes holte Schnapsgläser, befüllte und verteilte sie mit Karls Hilfe.

„Auf uns alle." Novotny hob das Schnapsglas.

„Auf uns alle", riefen die anderen und leerten ihr Glas in einem Zug.

Heinrich hatte das Glas stehen lassen. Er blickte lange darauf, dann auf Karl und Agnes.

Als sein Blick in ihre Richtung fiel, schaute sie weg.

In einem Schluck leerte er das Glas.

7

Während sie so zurückdachte, war ihr nicht aufgefallen, wie der Topf zur Neige ging. Jetzt kratzte sie am Grund des Kochtopfs. Sie bekam nur noch eine Portion zusammen, obwohl die Schlange vor der Theke lang war. An deren hinterem Ende konnte sie Heinrich erkennen, der aus seinem Flachmann trank, in kleinen Schlucken, die er ruhig auskostete, und als sich ihre Blick begegneten, steckte er den Flachmann ein.

Novotny reichte den letzten Teller über die Theke. Es breitete sich Unmut aus, es wurde gemurmelt, manche riefen aufgebracht dazwischen, und einige versuchten sich durch die Menge nach vorne zu kämpfen.

„Ruhe", rief Novotny mit fester Stimme. „Ihr bekommt alle was. Aber ihr müsst euch gedulden." Er ging an den Zapfhahn: „Inzwischen gebe ich euch ein Bier aus."

IX

1

Fietes Wohnung lag direkt über der Kogge. Karl schloss die Tür auf, Zigaretten- und Kohlgeruch schlug ihm entgegen, vermischt mit dem Schweißgeruch eines ungewaschenen Mannes.

Die Wohnung war ein Zimmer mit Waschbecken, einer Liege und einigen Stapeln Teller, Zeitungen und einem Haufen zusammengeknüllter Kleidung. Das Waschbecken war bedeckt von einer braunen Schicht. Überall standen leere Flaschen und volle Aschenbecher. Sie waren verschieden geformt, manche aus Glaskristall, Kunststoff, Steingut und andere waren einfach nur Raviolidosen. In einer stak noch der Löffel.

Karl ging tiefer in das Zimmer hinein. Schnaps- und Bierflaschen rollten ihm zwischen die Füße, dann trat er auf ein Kleidungsstück, das achtlos auf dem Boden lag. Joachim ging nach hinten und schlug die Vorhänge zurück.

Das Boot war am Ende des Raumes an die Wand geschnallt. Daneben stand ein Koffer, der fertig gepackt zu sein schien und mit einer dicken Staubschicht bedeckt war.

Hier war, so schien es, seit Jahren nichts bewegt worden. Karl wollte etwas sagen, blickte zu Joachim hinüber. Joachim stand an einem Stapel alter Zeitschriften und blätterte einige durch, ohne Karl zu beachten.

Karl wandte sich dem Ruderboot zu. Er strich über die Staubschicht und legte so den glänzenden Lack frei, der an manchen Stellen rissig war und abblätterte. Obwohl das Boot nicht groß war, schien es einiges fassen zu können. In der Mitte bauchig, verjüngte es sich in Bug und Heck. Er löste die Riemen von den Haken, an die das Schiff geschnallt war, sodass ihm das Boot entgegenfiel. Obwohl es länger war als er selbst, schien es Karl ungewöhnlich leicht. Er fasste hinein, fühlte die Ruder, die darin festgebunden waren, und trug es einige Meter auf Joachim zu.

Nervös wandte Joachim sich ab und schob etwas unter den Regenmantel, ehe er sich Karl zuwandte. Dann nahm er das Boot am Bug wortlos auf.

2

Das Boot war für solches Wetter nicht gemacht. Schon bei kleinen Strömungen entwickelte es einen Drall. Es war harte Arbeit, nicht abzudriften, sondern auf Kurs zu bleiben. Aus der Flut ragten Autodächer, manchmal das gesamte Fahrerhäuschen, in das Karl hineinzuschauen versuchte. Doch meist waren die Scheiben beschlagen, und man sah nichts. Zum Teil waren die Fahrzeuge umgekippt, übereinandergeschoben, oder sie standen hochkant im Wasser.

Der Sturm ließ nach, doch immer noch klatschten starke Wellen ans Boot. Oft blieben sie an Hindernissen hängen. Joachim fasste unter das Boot und löste es vorsichtig von Straßenschildern, Autos und sonstigem Treibgut. Er griff nach einem größeren Ast, zog ihn ins Boot. Soweit wie möglich hielt er fortan die Gegenstände vom Ruderboot fern.

Karl ruderte in Richtung Deich. Er dachte daran, wie schwer es ihm gestern dort fiel, auf dem Fahrrad zu bleiben. Wie er das Fahrrad abstellen wollte und dabei Joachim begegnete. Joachim, der jetzt hinter ihm saß, im Bug des Ruderbootes, und der ihm mit lauter Stimme allerlei Vorschläge machte. Ob es nicht besser wäre, sich irgendwo zu verstecken und nach ein paar Stunden zurückzurudern? Das falle doch niemandem auf.

Für einen kurzen Moment hielt Karl inne, schirmte die Augen mit der Hand ab und blickte in die Ferne, dorthin, wo er gestern das Fahrrad zurückließ. Er suchte die Bäume ab. Manche schienen nicht mehr da zu sein, manche sahen verändert aus, verbogen und vom Wind zerzaust. Hausrat hing in ihnen und Bündel aus Stoff. Und da, konnte es sein…

„Ich habe keine Lust, hier draufzugehen", rief Joachim. Was, wenn sie abgetrieben würden, wenn sie erst in der Norderelbe seien. „Es kann doch sein, dass das Wasser uns mitnimmt, bis Cuxhaven", sagte er. „Dann sind wir in der Nordsee. Da ist die Kacke erst so richtig am Dampfen."

„Das kann ich mir nicht vorstellen", sagte Karl. Er hielt nach dem Fahrrad Ausschau. „Die Sturmflut kommt doch von dort. Dann kann es doch nicht sein, dass sie uns mitnimmt."

„Wenn das Wasser abfließt", rief Joachim in den Sturm. „Die Flut muss doch wieder abfließen, und dann nimmt sie alles mit, und die Leute sowieso, da können wir nichts dran ändern."

Sein Gesicht verzerrte sich, als Karl sich umwandte. Es schien ihm, als weinte Joachim.

„Gib die Ruder her", brüllte er dann, „wir müssen schauen, dass wir hier heil herauskommen…"

„Beruhige dich erstmal", rief Karl in den Sturm hinein.

„Du willst doch nur zu deinem Fahrrad", rief Joachim, „oder denkst du, ich merke das nicht?" Joachim versuchte die Ruder Karl zu entreißen, Karl zog sie zurück.

„Das Fahrrad kannst du nicht gebrauchen, bei dem ganzen Wasser hier und erst recht nicht, wenn wir hier draufgehen."

Er warf sich auf Karl zu. Das Boot begann bedrohlich zu schaukeln und abzutreiben. Hektisch fixierte Karl mit der einen Hand die Ruder, und mit der anderen holte er nach Joachim aus. Er verfehlte ihn und fiel auf die Reling. Joachim lehnte sich auf die andere Seite, um ein Kentern des Ruderbootes zu verhindern.

Langsam richtete er sich wieder auf. Verdutzt blickte er zu Karl hinüber. Sein Blick fiel auf den Ast, den er vorher ins Boot gezogen hatte. Er griff nach ihm, wog ihn in der Hand und blickte wieder zu Karl hinüber.

„Willst du dich mit mir prügeln?"

Karl schüttelte den Kopf und wusste nicht, ob er es ernst meinte.

Das Boot schabte über eine Untiefe, Karl spürte es an den Füßen.

„Reiß dich jetzt zusammen", sagte Joachim mit veränderter Stimme. „Wir müssen das später austragen."

3

Auch wenn Karl nicht getroffen hatte, war Joachim seit dem Schlag wie verändert. Die Veränderung schien anstatt eines Schmerzes in ihm eingesetzt zu haben, sie äußerte sich in hoher Konzentration und fehlender Angst, in verzweifeltem und hektischem Mut.

Auch für Karl hatte sich etwas geändert. Er spürte, dass Joachims Veränderung nur vorübergehend sein würde. Was dann? Würde Joachim ihn schlagen und aus dem Boot werfen?

Sie ruderten zur Kleingartenansiedlung, ohne miteinander zu sprechen. Schlauch-, Falt- und Ruderboote kamen ihnen entgegen oder bogen vor ihnen ab.

Von Weitem sah Joachim etwas in den Fluten. Er schirmte die Augen mit einer Hand ab.

Karl blickte über die Schulter, so wie er es im Rudern immer tat. Dann sah auch er es. Es war ein dunkler Punkt. Eine Boje, die manchmal abgetrieben und überspült wurde? Im Näherkommen erkannte Karl einen Menschen. Ein Mann, der sich aufzurichten schien und dessen Schultern jetzt zu erkennen waren. Er war groß und kräftig und ging durch das Wasser. Er sah nicht nach links und rechts und bemerkte sie nicht, als sie auf seiner Höhe waren.

„He", rief Joachim zu ihm hinüber.

Aber der Mann antwortete nicht.

„He, Sie", rief er.

Karl stach die Ruder ins Wasser und ruderte weiter. Es hatte keinen Zweck, diesem Mann zu helfen. Hörte er Stimmen? Sie waren vom Sturm verzerrt, klangen wie der Sturm selbst. Ein Jammern, Brausen, ein Klopfen und Lärmen. Da sah er: Es waren mehrere Menschen auf dem Dach einer Hütte stehend. Karl schien es, als schlügen sie gegen alles, was Krach erzeugte, und dabei brüllten und johlten sie.

„Wir müssen da hin", rief Joachim, „wir sind ihre letzte Rettung."

Sie kamen nur sehr langsam voran. Immer wieder wurde das Boot von Strömungen erfasst und in eine andere Richtung getrieben. Manchmal war es Karls Aufregung, die ihn das falsche Ruder nehmen ließ, sodass sie noch weiter abtrieben.

„Was machst du?", schrie Joachim.

Dann sah er wieder über Karl hinweg, zu den Menschen auf dem Dach. „Du bist müde", sagte Joachim schließlich, „den Rückweg mache ich."

4

Karl hielt sich an die Anweisungen Joachims.

Plötzlich fühlte er einen Ruck und verlor die Kontrolle über das Ruderboot, und dann stieß etwas gegen das Ruder.

„Was macht ihr denn für Sachen, Karl", rief jemand.

Karl wandte sich zur Seite. Es war nur mehr ein kleiner Abstand zur Hütte. Jemand zog sie mit einem an der Bordwand eingehakten Besen heran.

„Jens", sagte Karl jetzt.

„Gut, dass ihr da seid", sagte Jens mit lauter Stimme.

„Könnt ihr jemanden mitnehmen, Erna, meine Frau?"

„Dafür sind wir hier", rief Joachim.

„Dich kenne ich doch", sagte Jens.

Joachim zögerte.

„Wir haben uns gestern gesehen", sagte Jens eher zu sich, und Karl wunderte sich.

„Ich habe so viele Leute gesehen", sagte Joachim dann schnell, „da kann ich mich nicht an jeden erinnern."

Jens nickte.

Eine Frau kam rückwärts vom Dachfirst heruntergerobbt. Vorsichtig legte sie sich auf die Dachkante. Dann streckte sie die Arme aus, und Karl versuchte nach ihrer Hand zu greifen. Plötzlich fühlte er ein Bündel in der Hand, das erstaunlich schwer war, er nahm es an sich und legte es ins Boot.

„Ohne das Kind geh ich nicht", rief Erna, die jetzt an der Dachkante kauerte. Sie hatte sich in mehrere Schichten Textilien eingewickelt. Als Karl sie ins Boot zog, sah er, dass sie im Nachtzeug war.

In der Kogge hatte Jens oft von Erna erzählt, doch gesehen hatte Karl sie nie.

Er setzte sich ins Heck des Ruderbootes.

„Ihr müsst euch beeilen. Die Flut steigt an", rief Jens, „seit Stunden steigt sie. Mehrere Hütten sind schon weg. Ich weiß nicht, wann die nächste dran ist." Dann stieß er das Boot weg. Jetzt war es Joachim, der die Ruder nahm.

„Dich holen wir auch noch", rief Karl und blickte über die Schulter.

Jens stand allein auf dem Dach. Die Arme hatte er verschränkt. Hatte er ihn gehört? Er rief die Worte noch einmal, doch Jens wandte sich ab, ging zurück auf den Dachfirst, und von dort blickte er zu ihnen herüber, aber so, als schaue er über sie hinweg.

5

Karl sah Joachims Bewegungen an, dass er im Rudern geübter war. Wie er die Ruder ins Wasser tauchte, sich dagegen stemmte, das Boot voranbrachte, wie er die Bewegungen unmerklich den Strömungen anpasste, das Ruderboot steuerte und nur für Augenblicke über die Schulter sah, um die Richtung zu halten. Alles war Teil einer größeren und so selbstverständlichen Bewegung, als hätte Joachim nie etwas anderes getan. Zugleich fiel ihm auf, dass er über seinen Mitschüler gar nichts wusste.

Doch plötzlich blieb Joachim an einem Gegenstand hängen. Unwillig blickte er zur Seite, stieß ihn mit dem Ruder weg. Es war ein Bündel, das im Wasser schwamm. Und dann begann Erna zu wimmern, immer wieder sagte sie, nein, das könne nicht sein.

„Beruhigen Sie sich", sagte Karl und legte eine Hand auf ihren Arm, doch die Frau beachtete ihn nicht.

„Das ist", sagte sie, „das ist nicht wahr."

Joachims Ruder hatte sich in dem Bündel verfangen. Indem er es hervorzog, bekam es einen Drall, etwas Helles wurde sichtbar, ein Gesicht, und jetzt erkannte auch er es.

„Das ist Smutje", sagte Karl unwillkürlich, bevor das Gesicht wieder im Wasser verschwand.

Joachim sah ihn fragend an.

„Einer aus der Kogge."

„Er wollte Hilfe holen, er ließ sich nicht davon abbringen ..." Erna schluchzte.

Sie beeilten sich, zur Kogge zu gelangen. Mehrere Feuerwehrleute standen davor. Schon von weitem konnte Karl sie erkennen. In ihren Schutzanzügen wirkten sie, als könne ihnen das Wetter nichts anhaben. Vielleicht war das der Grund, dass sie so träge waren, dachte er.

„Wo kommt ihr denn her?", rief einer der Männer. Er kam ihnen ein Stück entgegen.

„Wir holen Leute da raus", sagte Joachim. „Helfen Sie uns."

Der Feuerwehrmann wandte sich seinen Kollegen zu, doch sie beachteten ihn nicht. Er nickte, fasste an das Boot und zog es in Richtung der Kogge.

Er half der Frau aus dem Ruderboot und wollte schon nach Joachim greifen, doch der wehrte ab. „Wir müssen da noch einmal raus", sagte er mit fester Stimme, und Karl war froh, dass ihm diese Entscheidung abgenommen worden war.

6

Joachim ruderte jetzt noch schneller. Der Regen hatte zwar etwas nachgelassen, aber als sie sich der Kleingartensiedlung näherten, sah alles anders aus als zuvor. Lag es daran, dass Karl die Siedlung kaum kannte? Hatte sich Joachim im Weg vertan?

„Wo ist er, wo ist das Haus?" Joachim hielt inne.

Äste, Möbel trieben an ihnen vorüber, Wellblechstücke und Konserven, einige Balken, sie schrammten an der Wand des Ruderbootes entlang, sodass es sich in eine andere Richtung drehte.

Karl schirmte die Augen ab und hielt nach Jens Ausschau, rief nach ihm. In der Ferne sah er eine Gestalt, die sich an einem Schornstein festhielt und Unverständliches rief. Karl fragte sich, ob es Jens war und ob es am Wetter lag, dass seine Stimme anders klang.

„Was sollen wir machen?", fragte Karl.

Joachim zögerte. Unsicher blickte er Karl an. Dann schrie er plötzlich auf, als eine Ratte das Ruder hinaufflitzte und auf die Bootskante sprang. Sie hatte etwas Undefinierbares im Maul und hüpfte ins Bootsinnere. Aufgeregt trat Joachim nach ihr, brüllte sie beinahe hysterisch an. Blitzschnell sprang das Tier auf Karl zu, rannte ihm übers Bein und ließ sich zurück ins Wasser gleiten.

Joachim machte ein Gezeter. Das Boot schlug von der einen Seite auf die andere. Karl schien, als könnte es im nächsten Moment kentern. Er schrie Joachim an, er sollte sich zusammenreißen.

Plötzlich wurde Joachim ruhig.

„Wir können nichts machen", sagte er resigniert. „Er hat sich wohl allein auf den Weg gemacht, wie der Mann vorhin."

„Jetzt, bei der Wassertemperatur, mitten im Februar?", wand Karl ein. „So ein Unsinn. Jens weiß doch, wie stark die Strömung ist. Da kommt man nicht heil wieder raus."

Karl riss die Ruder an sich und stach ins Wasser. Wieder sah er die Person, die sich an dem Schornstein festhielt. Es schien sich um einen Mann zu handeln. Er drehte das Boot, sodass er mit dem Rücken zur rufenden Person saß und den Stadtteil vor sich hatte. Auf den mehrstöckigen Wohnblocks sah er kleine Punkte, die er für Gegenstände hielt. Als sich einige von ihnen an der Dachkante entlang bewegten, erkannte er, dass es Menschen waren, die in Grüppchen beieinanderstanden oder auch vereinzelt und Zeichen gaben.

Er ruderte weiter, den Blick auf die eigenen Füße geheftet, die er an den Boden des Bootes presste. Der war vom Kielwasser schon fast bedeckt. Dann schaute er über die Schulter, um die Entfernung abzuschätzen.

„Was ist denn los?", rief Joachim und blickte angestrengt nach oben.

Karl wandte sich zu ihm um.

Joachim wies in den Himmel.

Man hörte ein Knattern, das rasch näher kam, und dann war es über ihnen. Ein Helikopter flog in Richtung der Häuser.

7

Je näher sie der Gestalt am Schornstein kamen, desto nervöser schien Joachim zu werden. Immer wieder wandte er sich in die Richtung der Wilhelmsburger Innenstadt. Karl schien es, als ruderten sie auf den Ozean hinaus. Vom Festland ragten nur noch die Hochhäuser heraus.

Ein Hubschrauber näherte sich einem Haus, auf dessen Dach mehrere Leute standen, die Arme schwenkten und brüllten, in das Rattern der Rotorblätter über ihnen hinein. Vom Boot aus wirkte es, als wollte der Helikopter auf dem flachen Dach des Wohnblocks landen. Dann driftete er plötzlich ab, als reiße ihn eine Windböe davon. Er flog einen weiten Bogen um das Pultdach und näherte sich ihm wieder.

„Die Helis hätten mich nicht rausgeholt", hörte Karl eine Männerstimme hinter sich sagen. „Ihr seid meine letzte Rettung. Ihr glaubt gar nicht, was in den letzten Stunden hier alles passiert ist", sagte der Mann. Er schien lautes Sprechen gewohnt zu sein, denn trotz Regen und Sturm verstand man ihn gut.

„Wir haben es auch erlebt", sagte Karl über die Schulter hinweg. „Wir sitzen alle in demselben Boot."

„Noch nicht", erwiderte der Mann und lachte.

Er ging in die Hocke. Als das Boot nah genug war, zog er es zu sich heran.

„Sind hier auch andere Leute, die wir herausholen sollten?", fragte Karl. Erst jetzt bemerkte er, dass Joachim verstummt war.

Der Mann hob die Schultern.

Er war in das Boot geklettert und setzte sich zwischen sie. Flüchtig blickte er Joachim an. Dann zuckte er zusammen und nahm ihn genauer unter die Lupe.

„Dich kenne ich doch", sagte er. „Von der Werft. Du bist noch nicht lange bei uns. Und wo warst du in den letzten Tagen?"

Joachim sah den anderen lange an, während Karl weiterruderte.

„Sie sind doch der Meister ... Meister", Joachim schien zu überlegen.

„Genau der bin ich. Und ich habe einen Namen. Lehmann."

„Meister Lehmann", sagte Joachim. „Ich bin Joachim. Joachim Krüger."

Der Meister machte eine abwehrende Handbewegung. „Wo warst du? Wir haben dein Fehlen registriert."

„Ich", Joachim hielt inne, „ich war ... ich meine ... das Wetter ... sehen Sie denn nicht, was hier los ist ..."

Jetzt schabte das Boot über eine Untiefe, die metallisch klang.

„Pass doch auf", rief der Mann. „Und jetzt, bringt mich hier raus, aber dalli."

X

1

Da Agnes seit den Morgenstunden hier war, hatte sie mitbekommen, wie die aufgeregten Stimmen, aus denen der Schrecken des Erlebten und die Freude des Überlebens sprach, plötzlich ruhig geworden waren. War es die Müdigkeit oder die Trauer über den Tod eines Menschen, den man kannte?

Agnes hatte endlich auch Zeit, etwas zu essen. Ihre Füße schmerzten.

Viele scharten sich um den Ofen, manche pressten sich an ihn, bis ihre Körper die Kraft verließ. Wahrscheinlich waren sie eingeschlummert, dachte Agnes, als sie sah, wie sie von den anderen eng Seite an Seite gebettet wurden, damit sich noch jemand dicht an den Ofen legen konnte. Die Arme und Gesichter der Schlafenden hatten große rote Flecken.

Auch Agnes fiel in einen Schlaf.

Als sie aufwachte, lag ihr Kopf auf der Tischplatte in einem Film aus Schweiß und Speichel.

Von den Träumen blieben ihr Bilder von Elbe und Hafen, von Heinrich, reglos auf dem Boden, vom aufgewühlten Meer, vom Schreien der Menschen und von der Kogge.

Das einzige, was sie hörte, war der Atem der Schlafenden und das Mädchen Inge, das immer noch an den

Funkgeräten saß. Es war so ruhig um sie, dass sie fürchtete, ihr Schlaf und Traum könne lauter gewesen sein als alles andere.

Langsam kam Novotny auf sie zu, der sie ungewohnt zärtlich ansah, und sagte: „Egal, was du erlebst, du schlummerst ruhig und fest, wenn Zeit dafür ist, keine Minute vorher."

Agnes richtete sich auf.

„Wie lang war ich weg?"

Novotny hob die Schultern, und es sah so aus, als sinke er zwischen den Krücken ein. „Eine Stunde vielleicht, keine Ahnung."

„Leg dich doch auch hin."

„Später." Er lehnte sich auf die eine Krücke und ordnete sein Haar. „Hinrichsen ist hinten und berät sich mit diesem Oke." Mit dem Kopf wies er in die Richtung der Küche.

Agnes nickte und stand auf. Sie fühlte die Müdigkeit noch in den Knochen. „Ich werde zusehen, dass ich sie da rausbekomme, dass du auch mal deine Ruhe hast."

2

Von der Küchentür aus sah Agnes nur seinen breiten Rücken. Immer wieder beugte sich Oke vor, als rede er wild auf den Polizisten ein. Sie saßen am Küchenfenster, und als sie hinzutrat, blickte Hinrichsen sie von unten her an: „Frau Blomstedt, Sie haben uns auf den Sparschrank hingewiesen", sagte er langsam, „dafür danke ich Ihnen." Er streckte ihr die Hand entgegen. Als sie den Händedruck erwiderte, erhob er sich leicht. Die Bewegung war eher eine Andeutung, bevor er sich umso entschiedener auf den Stuhl sinken ließ. Es war der Stuhl, auf dem sie immer gesessen hatte, wohingegen Oke auf Novotnys Spezialhocker saß, der mit Leisten am Boden befestigt war. Novotny saß darauf leicht erhöht, sodass ihm das Aufstehen leichter fiel.

„Setzen Sie sich", sagte Oke. Anstatt eines Grußes machte er eine ausholende Geste in die Küche.

Obwohl er nur wenige Male hier gewesen war, benahm er sich, als gehörte die Kogge ihm. Sie griff sich eine alte Gemüsekiste und stellte sie hochkant hin.

„Frau Blomstedt, wir kennen uns schon viele Jahre. Ich war oft hier. Wir sind in einer besonderen Situation. Bis gestern ist der Ozean in Cuxhaven geblieben, jetzt steht er an unserer Haustür. Bis er wieder dort ist, wo er hingehört: Darf ich bis dahin Agnes zu Ihnen sagen?" Hinrichsen sah sie aus einem ernsten Gesicht an.

„Selbstverständlich."

„Paul", sagte Hinrichsen, sie meinte ein leichtes Schmunzeln in seinem Gesicht auszumachen. Wieder gab sie ihm die Hand.

„Können wir weitermachen?", fragte Oke.

Der alte Schutzmann lehnte sich zurück, nahm einen Zug von seiner Zigarette und legte sie zurück auf den Rand einer Konservendose, die Novotny als Aschenbecher verwendete. Den Rauch ausatmend, sagte er: „Wenn ich daran denke, wie lange alle ihre Ersparnisse hierher gebracht haben, Woche für Woche. Sich das eine oder andere Bier sparten und stattdessen das Geld da hineinwarfen, in ihr Fach. Wenn ich mir denke, wie viel Mühe in dieser Pfennigfuchserei steckt und dass jetzt alles futsch sein soll, dann macht mich das wütend. Und eines können Sie mir glauben, Agnes", sagte er mit einer Heftigkeit, die sie sonst nicht von ihm kannte, „wenn ich denjenigen schnappe, dann setze ich alle Hebel in Bewegung, dass der die Strafe kriegt, die er verdient hat."

Agnes blickte zu Oke hinüber, der die Augenbrauen hob.

„Aber das ist nicht alles", sagte er. „Da draußen ertrinken Leute, da erfrieren Leute und auch Tiere. Die Kühe, Schweine, die in den Ställen festgemacht waren. Ich war da draußen. Mit dem Motorboot bin ich das alles abgefahren. Moorwerder, Georgswerder, Kirchdorf. Können Sie sich vorstellen, was das für Schreie sind? Die Viecher spüren, wenn da was im Anmarsch ist, das sie totmacht." Seine Augen schienen nicht feucht zu sein, und dennoch rieb er darüber. „Mein erster Impuls ist, die alle rauszuholen", sagte er. „Aber dann denke ich, dass man den Leuten auch helfen muss. Man muss sie von den Dachböden holen, von den Dächern. Ich hatte hier einen kleinen Jungen." Hinrichsen hielt die flache Hand neben sich, auf Brusthöhe, um anzudeuten, wie groß der Junge war. „Seine Familie hat gestern Abend ferngesehen, die Hesselbachs. Vorher haben sie ihn nach oben geschickt. In der Nacht hat er sehr unruhig geschlafen. Heute Morgen, als wir ihn holten, wusste er nicht, dass seine ganze Familie weg war und wahrscheinlich tot." Hinrichsen blickte auf die Zigarette, die noch auf der Konservendose lag, ein kleiner Rauchfaden stieg auf.

„Warum erzählen Sie mir das alles?", fragte Agnes. Mit leichter Verzögerung fügte sie seinen Vornamen hinzu, der ihr noch ungewohnt war.

„Paul will uns erklären, was hier alles los ist", sagte Oke.

„Plünderungen", presste der alte Polizist hervor. „Überall gibt es Leute, die ihre Rettungsboote, Ruderboote, ihre Ewer hervorholen und durch Wilhelmsburg fahren. An sich wäre das gut, wir können alle Boote gebrauchen, die es hier gibt, aber", er machte eine Pause. In seinem Blick lag eine Mischung aus Trauer und Wut. „Die helfen uns kein Stück. Die haben nur eines im Kopf: In die Häuser und alles rausholen, was nicht niet- und nagelfest ist."

„Es gibt viele Plünderungen", sagte Oke und setzte einen wichtigen Gesichtsausdruck auf. „Ich habe gehört, dass es einen Schießbefehl gibt, dass ihr Polizisten auf alle Plünderer schießt."

„Dummes Zeug", sagte Paul. „Das sind arme Burschen. Vielleicht beklauen sie die anderen, weil sie selbst alles verloren haben."

Agnes dachte an ihre eigene Wohnung, die nun unbeaufsichtigt war. Und dann dachte sie an Karl. Gestern Abend hatte sie ihn alleingelassen. Wie erleichtert sie war, als auch er in der Kogge ankam.

„Agnes, ich muss Sie das jetzt fragen", sagte Paul Hinrichsen, „wo ist Ihr Sohn?"

3

Agnes war verwirrt. Auf Hinrichsens Frage wusste sie keine Antwort. Sie fragte sich selbst, wo der Junge war. „Einige Leute hier sagen, dass er mit diesem Jungen unterwegs ist, wie heißt er noch?" Der Polizist wandte sich an Oke.

„Joachim", sagte Oke.

„Joachim", wiederholte Hinrichsen nachdenklich, „Krüger. Joachim Krüger. Ich kenne seine Mutter. Sie war oft bei uns, wenn sie wieder zu tief in die Tasse gelinst hat." Er sah auf die Zigarette, die immer noch qualmte, griff danach und achtlos schlug er die Asche in die Dose, hielt den glühenden Stummel vor sich hin und führte ihn ans Gesicht, ohne einen Zug davon zu nehmen.

„Karl ist unterwegs mit ihm. Sie haben ein Boot."

„Sie wollen doch nicht sagen, dass...", sagte Oke.

„Was?", fragte Paul Hinrichsen. Er nahm einen letzten Zug aus der Zigarette, drückte sie aus und klopfte eine neue aus dem Päckchen, das er in der Brusttasche seines Hemdes trug.

Agnes dachte an Karl. Wie sie ihn vorhin gesehen hatte, an den Funkgeräten. Sie blickte in den Gastraum. Das Mädchen war noch dort, Inge, sie hatte mit dem Jungen zusammengearbeitet. Sollte sie sie später fragen, wie es ihm gegangen war? Doch dann entschied sie sich, es sein zu lassen. Schließlich wusste Karl selbst auf sich aufzupassen.

„Ich sage erst mal noch gar nichts", sagte Hinrichsen. Eine Zigarette klemmte in seinem Mund, er führte ein

Feuerzeug an die Spitze, ließ es aufschnalzen und nahm einen tiefen Zug.

Sie sah ihn an.

Die Zigarette zwischen Mittel- und Ringfinger geklemmt, kratzte er sich die Wange, nahm einen flüchtigen Zug und ließ den Rauch langsam durch die Nase ausströmen.

„Sehen Sie zu, dass Sie Ihren Sohn wiederfinden, Agnes", sagte Hinrichsen, „das ist keine gute Gegend da draußen." Er hielt inne und fügte dann hinzu, „bei diesem Wetter, das ist nichts für ihn." Er drückte die Zigarette an der Dose aus und warf den Stummel hinein.

4

Heinrich befand sich in einer Gruppe von Männern. Aufgeregt redete er auf die anderen ein, manche sahen ihn ernst an, doch andere schmunzelten verhalten.

Auch Heinrich sprach von Plünderungen, von Halbstarken, räubernden Jungsbanden, die durch Wilhelmsburg zogen, sich alles schnappten, was möglich war.

Agnes hörte sein Gerede, als sie sich der Gruppe näherte. Irgendwer hatte gesagt, dass der Junge, mit dem Karl unterwegs war, nicht ganz recht war.

„Mit meinem Jungen ist der jetzt unterwegs, meinem Jungen, versteht ihr?" Immer wieder wies er mit der Hand auf seine Brust.

„Pass bloß auf, dass der nicht auf dumme Gedanken kommt, dein Junge", sagte jemand aus der Gruppe.

„Der Joachim", sagte Fiete. „Dem sollte man die Ham-melbeine langziehen, sollte man", sagte er. „Was ich über den schon gehört habe … man, man, man."

„Über den … was hast du über den gehört?", fragte Heinrich.

An der Art, wie Heinrich sich benahm, sah sie, dass er betrunken war.

„Man erzählt sich so manches", sagte Fiete und blick-te in die Runde. Die anderen pflichteten ihm bei, ohne Genaueres zu sagen.

Dann blieb es ruhig.

Heinrich sah von einem Gesicht ins andere.

„Was soll ich dir sagen, Blomstedt?", warf jemand ein.

„Jens hat es doch erzählt, gestern Abend, oder?" Der Mann blickte in die Runde, auf Heinrich und wieder zurück.

„Jens?", fragte Heinrich. „Was hat er gesagt?"

„Das Fahrrad", sagte der Mann, „gestohlen hat er es, mit einer ganzen Gruppe Halbstarker."

„Welches Fahrrad?"

„Das von deinem Jungen", sagte der Mann. „Sie haben es ihm abgeknöpft."

Jetzt pflichteten ihm auch die anderen bei. Ein Auf-ruhr entstand, alle wollten etwas gehört haben, redeten durcheinander.

Dann wurde es plötzlich ruhig, nur Heinrich war zu hören: „Den schnapp ich mir …" Er wirkte ruhig und wütend zugleich. „Meinem Jungen das Rad klauen, für das ich meine letzten Sachen gegeben habe und dann …" Er schüttelte den Kopf, als könne er es selbst

152

nicht glauben. „Dann gebe ich dem noch Fietes Boot, dass er in aller Ruhe die Häuser ausräumt."

„Auch unseres", sagte jemand aus der Gruppe.

„Genau", pflichtete ihm ein anderer bei.

„Mit meinem Boot?", sagte Fiete, „dass ich nicht lache."

„Dann auch noch meinen Sohn da mit hineinzuziehen, den knöpf ich mir vor."

Jetzt wurde es Agnes zu bunt. Sie ging dazwischen, sie schrie, doch ihre Stimme überschlug sich und drang nicht zu den Männern durch. Es war ein Getümmel, ein Gewühl, alle hatten sich vom Aufruhr anstecken lassen, und ehe sie bei ihm war, war Heinrich weg.

5

Es war einer dieser Ausbrüche gewesen, die sie aus der Kogge kannte, wenn die Stimmen plötzlich lauter wurden, die Gäste einander übertönten, mit dem, was sie zu sagen hatten, oder einfach mit einem Lachen, in den späten Abendstunden meistens, wenn sie schon müde waren und betrunken. Es war wie eine Welle, die an die Theke brandete und gegen die nicht anzukommen war. Da half es nur abzuwarten, mitzulachen und die Gläser nachzuschenken, denn in einer solchen Stimmung hätte niemand ein neues Getränk ausgeschlagen.

Dann ebbten die Stimmen wieder ab, nur vereinzelt waren sie noch zu hören, als Heinrich die Kogge verlassen hatte.

Agnes überlegte noch, ob sie Heinrich nicht besser hinterhergehen sollte, als plötzlich jemand nach Henri fragte.

Es war Dirk. Er stand etwas abseits und von der Theke aus besehen hinter den anderen. Seine Stimme war markant, aber ungewohnt, da er fast nie etwas sagte.

„Ich habe ihn nicht mehr gesehen", sagte er, „seit gestern Abend."

Es blieb ruhig.

Da sie in Gedanken noch bei Karl und Heinrich war, brauchte Agnes eine Weile, um sich auf Dirk einzustellen.

„Hat ihn jemand gesehen?" Dirk kam an die Theke und stellte das leere Glas darauf. Seine Haare waren ungewaschen und zerzauster als sonst, die Kleidung zerrissen, nur da und dort mit Sicherheitsnadeln zusammengehalten und mit einem Bindfaden, der um den Oberkörper gewickelt war.

„Willst du noch eins?", fragte Agnes.

Dirk nickte.

„Henri?", wiederholte sie, „keine Ahnung."

Er nahm das Glas.

„Hast du mal in eurem Zimmer geguckt?"

Dirk sah sie etwas abwesend an, nickte langsam. „Ich war vorhin da." Er trank aus seinem Glas. „Es war nicht mehr da. Das Haus. Einfach weg." Sein Blick konzentrierte sich jetzt auf etwas in der Ferne. „Ich war in Harburg, letzte Nacht", sagte er. „Viel zu tun. Deshalb konnte er dort pennen, in der Bude."

Langsam realisierte sie, worum es ihm ging. Henri – tatsächlich hatte sie ihn schon lange nicht mehr gesehen. Seit gestern Abend, als das Unwetter sich verschlimmerte und sie die Kogge dicht gemacht hatte.

„Mach dir keine Sorgen", erwiderte sie und bemühte

sich, gelassen zu klingen. „Ein Korn bringt dich auf andere Gedanken." Sie goss ein Schnapsglas voll und stellte es vor ihn hin.

Und dann kam Jens.

6

Jens erinnerte sie an den vorangegangenen Abend. Sie musste daran denken, was seither geschehen war. Wie Karl und Heinrich endlich aus dem Hafen zurück waren, Heinrichs Umarmung in der Nacht und wie sie mit ihm aufgebrochen war, um Novotny zu retten.

„Wo kommst du her?", fragte Novotny.

Doch Jens konnte nichts erwidern. Erst jetzt konnte sie sehen, dass er keine Schuhe trug und nur ein Unterhemd, seine zitternden Lippen waren ganz blau.

Er legte sich direkt auf die Dielen.

Novotny ging zu ihm und stieß mit der Krücke gegen seinen Brustkorb. „Vor den Ofen mit ihm und dann ausziehen. Der ist völlig unterkühlt."

Agnes, die ihn an den Beinen nahm, trug ihn mit Fiete vor den Ofen. Jens war sehr schwer. Sie fing schon an, ihm die nassen Kleider auszuziehen, als eine Frau näherkam.

„Lassen Sie man", sagte die Frau. „Das ist mein Mann." Sie kniete sich neben Jens, strich über seine Wange und küsste sein Haar. Dann zog sie ihn aus.

Agnes hatte Jens stets für seine zähe Kraft bewundert, doch jetzt wirkte er wie ein schwaches Kind.

XI

1

Die ersten Minuten, die sie zurück nach Wilhelmsburg
ruderten, legte Joachim ein großes Tempo vor. Karl
dachte, dass er dieses Tempo unmöglich bis zur Kogge durchhalten könne. Doch dann war Joachim bereits
langsamer geworden, auch die Richtung, die das Ruderboot nahm, hatte sich geändert.

Karl sagte nichts. Joachim muss wissen, was er tut,
dachte er. Er blickte sich um. Im Vergleich zu gestern
hatte sich das Wetter beruhigt. Der Himmel war auf-
geklart, es regnete nicht mehr so stark, doch der Wind
war immer noch schneidend.

Karl spürte ein Knurren im Magen, tastete nach dem
Löffel, den er von Heinrich bekommen hatte, und fühlte das vom Körper gewärmte Metall.

Er beobachtete den Helikopter, der wie vorhin, als sie
den Meister ins Boot geholt hatten, über der Gruppe
schwebte. Jetzt hing ein kleiner Punkt unter dem Hubschrauber, vermutlich jemand, der vom Dach geholt
wurde.

„Du machst dir einen Larry, während wir alle Hände
voll zu tun haben", rief Meister Lehmann, er schleuderte Joachim die Worte entgegen und schüttelte verärgert
den Kopf, als könne er nicht glauben, dass Joachim nicht
bei der Werft gewesen war. „Wenn Flut ist, mein Junge,
da muss man erst richtig anpacken, das Werkzeug muss

verstaut werden, alle Schotten müssen dicht sein. Aber du? Du bleibst zu Hause und legst dich auf die faule Haut." Langsam blickte er sich um, wie jemand, der es nicht nötig hat, sein Gegenüber anzusehen.

„Bei deinem Vater, Joachim", er verschränkte die Arme, „bei dem war es auch so." Für einen kurzen Moment hielt er inne. „Nein, eigentlich nicht. Bei ihm war es nur ähnlich. Das lag daran, dass er so verplant war. Aber stinkend faul und ohne Verantwortungsgefühl, das war er dann doch nicht."

„Jetzt halten Sie mal den Rand", sagte Karl. Er war selbst erstaunt über seine Heftigkeit. Kam sie vom Hunger, den er in der Magengrube spürte?

Langsam wandte der Meister sich zu ihm um.

„Wie bitte?"

„Sie haben mich gehört", sagte Karl leiser.

„Wie redest du mit mir?"

„So, wie ich es für richtig halte."

Der Meister schüttelte den Kopf, sagte jedoch nichts mehr.

2

Jetzt erkannte er, worauf Joachim zusteuerte. Eine Schule, die erst vor wenigen Jahren errichtet worden war. Dort befand sich ein großes Lager für die Betroffenen der Flut. Karl hoffte, dass es dort etwas zu essen gab. Noch ehe sie die Schule erreichten, stieg Meister Lehmann aus dem Boot und watete wortlos durch das Wasser, das ihm bis knapp über die Knie ging.

Er wandte sich noch einmal um und schaute die beiden an, doch Karl wich seinem Blick aus. Joachim, der weiterruderte, sah nur auf den Boden des Ruderboots und war in Gedanken versunken.

Sie umrundeten die Schule, und kurz bevor sie eine Stelle zum Festmachen gefunden hatten, gab Joachim die Ruder an Karl ab. Er zwinkerte ihm zu und versuchte zu lächeln, doch sein Gesicht wirkte traurig und müde. Geduckt und mit kleinen Schritten ging er nach vorne, um das Boot an dem Geländer einer Seitentreppe festzumachen.

„Was machen wir jetzt?", fragte Karl und verstaute die Ruder im Boot.

„Ich muss mal", sagte Joachim. Er machte einen Satz auf die Treppe, die halb unter Wasser stand, und dann war er auch schon im Gebäude.

Karl zögerte noch, denn er wollte das Boot nicht allein zurücklassen. Erst jetzt, da Joachim davon gesprochen hatte, spürte auch er den Drang nach einer Toilette.

Im Schulgebäude waren weniger Menschen als gedacht. Sie lagen über die Gänge und Klassenzimmer verteilt, manche in Decken gewickelt, andere starrten vor sich hin.

Auf der Toilette roch es stark nach Urin. Karl setzte sich und fühlte, wie nicht nur die klamme Kleidung, sondern wie alles ihn hinunterzog, als müsste er gleich einschlafen. Unter normalen Umständen hätte er jetzt das Buch zur Hand genommen, um einen Anker in jene Welt zu werfen, in der er eigentlich lebte. Es war aber völlig durchnässt, die Seiten verschrumpelt.

Vorsichtig legte er das Buch beiseite, dennoch zerfiel es ihm zwischen den Fingern.

Aus einer der Nachbarkammern hörte er ein unterdrücktes Wimmern, und dann knallte eine Tür. Er beeilte sich, hinauszukommen. Als er auf den Gang trat, stand Joachim an den Heizkörpern gegenüber der Tür.

„Ich habe Hunger, und du?"

3

Zielstrebig ging Joachim in den hinteren Teil des Gebäudes. Hier waren plötzlich mehr Menschen. Alte, Kinder und Frauen. Sie standen in einer Schlange und schienen auf etwas zu warten. Karl, der sich anstellen wollte, wurde von Joachim weitergezogen, an der Schlange vorbei ins Freie.

Große Militärlaster standen nebeneinander im flachen Wasser. Über ein schmales Brett waren die Ladeflächen zu betreten.

„Die nehmen die Leute mit nach Harburg", sagte Joachim.

„Vermutlich hat Harburg nichts abgekriegt."

Sie gingen an den Lastwagen vorüber. Jeweils zwei Soldaten standen dort und halfen den Leuten auf die Lastwagen. Dort sah Karl langgestreckte Holzbänke, die sonst für die Soldaten vorgesehen waren.

Ein vertrauter Geruch stieg ihm in die Nase.

Ein junger Soldat stand hinter einer Gulaschkanone. Er konnte nicht viel älter sein als Karl, war dünn, und seine Ohren standen weit vom Kopf ab. Ein Eindruck, der von seiner Frisur noch verstärkt wurde, denn die Haare waren seitlich fast vollends abrasiert und nur auf der Kopfplatte etwas länger.

„Da bist du", sagte plötzlich eine Frauenstimme. Die Frau trat herbei. Fest umarmte sie Joachim von hinten. Sie war kleiner als er und presste ihr Gesicht an seinen Rücken. „Endlich", sagte sie.

„Mutter", sagte Joachim. Er drehte sich halb und legte einen Arm über ihre Schulter.

„Du lebst", sagte sie gegen seine Regenjacke. Sie sagte es immer wieder, und schließlich sah sie ihn von unten her an.

Auch Joachim schien sich zu freuen.

„Wo warst du letzte Nacht?"

„Ich", sagte er, „ich habe es nicht nach Hause geschafft."

„Wie gut", erwiderte sie. „Wer weiß, was passiert wäre, wenn du es versucht hättest."

Jetzt sahen sie sich in die Augen, dann schweifte Joachims Blick ab.

„Was ist jetzt?", fragte der Soldat. Er hob die Schöpfkelle und wollte gerade die Pappteller füllen, doch Joachims Mutter ging dazwischen.

„Hier, ich habe etwas Besseres", sagte sie. Sie trug einen Beutel bei sich, kramte darin herum, und Karl hörte Metall, das aneinander schlug.

„Der ganze Klöterkram, hier", sagte die Frau und förderte zwei Kochgeschirre zutage. „Damit die Suppe warm bleibt." Sie stellte die Henkelmänner vor den Soldaten. „Für meinen Sohn und für seinen Klassenkameraden."

Sie sah dem Soldaten dabei zu, wie er die Suppe in die Kochgeschirre schöpfte. Der Geruch der Suppe erinnerte Karl an die Kogge, die Suppe, die er dort vorhin gegessen hatte. Und er dachte an seine eigenen Eltern, was sie jetzt tun mochten.

„So", sagte die Frau. „Sucht euch einen Platz und ruht euch aus." Sie gab ihnen die Henkelmänner, ohne Karl dabei anzusehen, strich Joachim über den Oberarm und ging wieder weg, ohne sich weiter von ihnen zu verabschieden. Und während er ihr nachsah, fiel Karl auf, dass er kein Wort mit ihr gewechselt hatte.

„Jetzt keine Sentimentalitäten hier", sagte der Soldat, langte über die Gulaschkanone hinweg und schob Joachim beiseite. „Auch andere haben Hunger."

4

Joachim hatte Angst um das Ruderboot. Um es nicht aus den Augen zu verlieren, setzten sie sich hinein.

Joachim machte die Leine los und stieß das Boot zurück. Er verstaute den Henkelmann und begann zu rudern.

„Was machst du?", fragte Karl. „Wohin willst du jetzt noch?"

„Ich weiß einen Ort. Den wollte ich dir zeigen, er ist nicht weit von hier."

Er ruderte jetzt wieder stadtauswärts. Es waren wenige hundert Meter, die Karl aber wie eine lange Strecke erschienen. Er war hungrig, und sie kamen langsamer voran als zu Fuß oder mit dem Fahrrad. Er dachte an das Fahrrad, wie er es gestern im Hafen zurückgelassen hatte. Er errötete, wenn er daran dachte, dass es jetzt weg war, sicherlich hatte es die Flut mitgenommen. Wie sollte er das den Eltern erklären?

Dann dachte er an Inge. Wie sie zwischen den Funkgeräten gesessen hatte, wie er ihr geholfen hatte, die Funkgeräte in die Kogge zu bringen und wie er sie schließlich halb im Arm gehalten hatte und dass er einem Mädchen noch nie so nahe gewesen war.

„Woher kennst du sie eigentlich?", fragte Karl jetzt beiläufig.

„Wen?", fragte Joachim.

„Das Mädchen."

Joachim wurde langsamer. Dann sah er Karl ins Gesicht.

„Meinst du Inge?"

„Genau." Karls Herz pochte.

Joachim hob die Schulter und sagte: „Sie ist halt so ein Mädchen aus der Nachbarschaft. Sie arbeitet bei Lehner, diesem Pfandleiher."

„Ach so."

„Warum fragst du?" Für einen kurzen Moment sah Joachim zur Seite und stocherte mit dem Ruder im Wasser. „Einfach so."

„Gefällt sie dir?" Halb zog Joachim das Ruder ins Boot, stieß es dann wieder ins Wasser und schmunzelte. „Willst du sie anbohren?"

„Ach was", sagte Karl.

„Doch, doch", sagte Joachim. „Du willst sie aufreißen. Gib es zu." Joachim lachte, mehrfach wiederholte er diesen Satz. „Gib es zu. Gib es zu. Gib…"

„… hör auf!"

„Wieso?", sagte Joachim, „sie ist doch ganz flott."

Karl tat so, als hörte er nicht.

5

„Da vorne", sagte Joachim.

Karl nahm den Henkelmann unter die Jacke, und wie er ihm den Bauch wärmte, fiel ihm wieder ein, wie er sich bei Oke ins Auto gesetzt hatte, wie lange das schon zurücklag.

Während Joachim ruderte, schloss Karl die Augen und schob die Hände in die Taschen. Er tastete nach dem Löffel, den er von Heinrich geschenkt bekommen hatte. Er fühlte sich warm an und glatt.

„Oh nein, was ist denn das?", rief Joachim.

Karl schreckte auf. Hatte er geschlafen?

„Der wedelt mit den Armen?", schrie Joachim.

„Der braucht Hilfe", sagte Karl müde und rieb sich die Augen.

„Was macht er dort?" Joachim hielt inne, und angestrengt blickte er zu einem Speicher am Ende der Industriestraße, wo die Wohngebäude schon von Speichern abgelöst worden waren. Manche hatten eingehauene Scheiben, anderen fehlte eine Wand, das Dach oder beides.

Hektisch wandte Joachim dem Speicher den Rücken zu und griff nach den Rudern, immer wieder über die Schulter zurückblickend.

„He!", rief er. Karl wusste nicht, wen er meinte und woher die plötzliche Hektik kam.

„Lass mich mal ran", sagte er.

Doch Joachim schubste ihn zurück.

„Das ist mein Speicher", sagte er. „Meine Sache, kapiert?"

Eine Welle schlug an die Breitseite des Bootes, Karl sackte zur Seite. Er beeilte sich, wieder auf die Knie zu kommen. Auch wollte er verstehen, was Joachim meinte.

Im Näherkommen sah Karl, dass es eine Frau war, die ihnen zuwinkte. Sie trug einen Kindermantel. Unsicher nahm sie einen Stein zur Hand und stellte sich auf, als bereite sie sich auf einen Schlag vor.

Wild ruderte Joachim Fietes Boot an die Lagerhalle, dass es gegen die Mauer krachte und Lack abplatzte. Ohne das Boot festzumachen, hangelte er sich hinauf. Die Zeit, die er brauchte, um sich aufzurappeln, schien ihn noch wilder zu machen. Die Frau wich einige Schritte zurück.

„Sie!", rief er und sprang auf sie zu. „Was machen Sie hier?"

Die Frau hob den Stein. Es war klar, dass sie bereit war, den Stein in Joachims Gesicht zu schleudern.

„Joachim", rief Karl.

Joachim beachtete ihn nicht. Mit gebeugten Schultern stand er vor der Frau, während Fietes Boot abdriftete. Erst jetzt fiel Karl auf, wieviel Regen in das Boot prasselte und tiefe Pfützen bildete. Schnell ruderte er es zurück an die Lagerhalle und suchte die Betonwand nach etwas ab, an dem er es festmachen konnte.

„Das ist ...", schrie Joachim in den Sturm, „... das wird man doch noch fragen dürfen."

„Was?", rief die Frau.

Karl fand eine Öse, die in die Verladeplattform eingelassen war. Er stellte den Henkelmann ab und machte das Boot fest.

„Immerhin gibt es doch Plünderungen, hier überall", sagte Joachim.

„Ich habe mich in diese Halle gerettet", sagte die Frau, „als es gestern so geregnet hat."

Als Karl sich hochzog, schnellte das Boot weg und wurde unter die Plattform getrieben. Mit dem Oberkörper lag er schon auf dem kalten Beton.

Joachim machte einen Schritt nach vor. Schnell rappelte Karl sich auf und lief zu Joachim.

Die Frau war verschwunden. Als ob sie sich alles nur eingebildet hätten, war der Platz, wo sie gestanden hatte, leer.

„Wo ist sie?", fragte Karl und blickte auf den Stein, der noch dalag.

„Drin", sagte Joachim. „Sie weiß alles. Was sollen wir jetzt tun?"

Joachim schob sich durch das Tor, das nur einen Spalt geöffnet war, in die Halle.

„Pass auf", sagte er durch den Spalt. Und dann verschwand er aus dem Blickfeld.

6

Das Wasser war in die Halle eingedrungen. Vom Geländer konnte Karl in einen leicht tiefer gelegenen Teil der Halle blicken. Das Wasser stand hier nicht besonders hoch. Wie Rücken kauernder Menschen ragten Maschinen aus dem Wasser.

War es draußen aufgewühlt, vom Sturm und den Strömungen der Elbe, der verschiedenen Kanäle und Wettern, so wirkte es hier ruhig. Der Wind strich durch die zerbrochenen Fenster in die Halle, eine Kette, die von der Decke hing, klirrte, und wie sich die Wasseroberfläche jetzt kräuselte, wirkte alles wie an einem ruhigen See.

Jetzt brach in einem hinteren Raum ein Gebrüll los, jemand kreischte laut auf und dann kamen Joachim und die verängstigte Frau an ihm vorbeigerannt. Joachim fasste der Frau noch in die Haare, sie duckte sich weg, riss sich los. Joachim rutschte aus und prallte an eine der Maschinen.

„Die läuft uns weg", rief er.

Sie war schon auf der Verladeplattform und nestelte an der Öse herum, an der Karl das Boot festgemacht hatte. Joachim rappelte sich auf und stürzte nach draußen. Eine Böe erfasste ihn und warf ihn auf die Seite.

„Joachim", schrie Karl und rannte hinterdrein. „Krieg dich wieder ein." Er hielt ihn mit einer festen Umarmung zurück.

Die Frau schwenkte das Boot mit den Füßen zurecht, dass sie nur noch hineinzuspringen brauchte.

„Wir sitzen in der Falle, man", schrie Joachim in Karls Ohr. „Wenn die jetzt abhaut, was machen wir dann?"

In diesem Moment sprang sie hinunter, Karl sah noch ihre Hände auf dem rauen Beton, als sie sich abstieß und ruderte dann mit schnellen und sicheren Bewegungen davon.

Lange verharrten sie in einer unbeholfenen Umarmung. Karl wusste nicht, was mit Joachim los war.

Plötzlich setzte ein Zittern in Joachims Schultern ein, und Karl merkte, dass sich seine Starrheit langsam löste.

„Ich zeig dir was", sagte Joachim jetzt und schob ihn zurück.

Wieder gingen sie in das Innere der Halle. Sie mussten durch einen benachbarten Raum. Verschiedene Maschinen standen hier, als seien sie erst vor kurzem verlassen worden.

Schnell ging Joachim voraus. Er lief eine schmale Betontreppe in ein Obergeschoss, das wie ein Balkon über der Haupthalle lag. Von dort oben konnte man alles überblicken, die Maschinen und die Leute, die hier an anderen Tagen gearbeitet hatten.

„Was ist?", rief Joachim. „Komm rauf."

Jetzt hörte Karl ein verhaltenes Rauschen und Tuten. Er ging weiter, es hallte zwischen den Wänden, Stimmen lagen in diesem Rauschen, und dazwischen war immer wieder Joachim zu hören, der etwas auf Englisch rief, das Karl nicht verstand.

Er lief die Treppe hinauf. Joachim saß an einem aus verschiedenen Kisten und einer alten Tür zusammengestellten Arbeitstisch, vor sich einige Funkgeräte. Als er Karl sah, schob er sich die Kopfhörer von den Ohren und sagte: „Stark, oder?"

Karl interessierte sich jetzt mehr für die Kochgeschirre, die Joachim heraufgetragen und achtlos an den Rand gestellt hatte. Er zog den Löffel unter der Jacke hervor und griff nach einem Henkelmann. Rötlich braun war die Gulaschsuppe dort, wo das Geschirr von einem Riemen verschlossen war, ausgesickert. Karl kratzte sie mit dem Löffel herunter, bevor er es öffnete und schmeckte das Salz von Gulasch und Brackwasser. Wortlos nahm Joachim den zweiten Henkelmann und tat es ihm gleich.

Für einen Moment verschwand der säuerliche Geruch des Flutwassers, der Essensduft des Eintopfes breitete sich aus. Karl lief das Wasser im Mund zusammen, und als er die Suppe aß, zog sich in ihm alles auf den Punkt zusammen, wo er sie am intensivsten schmeckte und breitete sich dann im ganzen Körper aus. Er dachte daran, wie er aus dem Flachmann des Vaters getrunken hatte, doch jetzt war das Gefühl noch stärker als damals, und glücklich blickte er zu Joachim hinüber, der gedankenverloren den Henkelmann auslöffelte.

8

Wortlos saßen sie so.

Der Wind pfiff um die Lagerhalle, Regen schlug gegen die Fenster. Es waren dicke Glasbausteine, durch die Karl nichts sehen konnte als Farben und das dünne Licht des grauen Tags.

„Kaum jemand kennt das hier“, sagte Joachim. „Hier oben. Ich sitze immer hier, so oft es geht.“

Karl sah ihn an. Sein Gesicht zeigte eine Unsicherheit, die Karl nicht einzuschätzen wusste.

„War das dein Chef, vorhin?“

Joachim reagierte erst nach einem kurzen Moment. „Den wir aus dieser Scheiße geholt haben?" Joachim nickte. „So in der Art", fügte er hinzu.

„Wo arbeitest du?"

Joachim nannte einen Namen. „Es ist eine Werft."

„Und die arbeiten bei jedem Wind und Wetter?"

Joachim hob die Schultern. „Keine Ahnung. Dein Vater, der hat doch auch gearbeitet, gestern."

„Woher weißt du das?"

„Ich war doch auch im Hafen", sagte Joachim. „Was machst du eigentlich?", fragte Joachim jetzt.

Karl sagte nichts.

„Womit verdienst du deine Brötchen?", fragte Joachim, „nur deinem Vati das Essen bringen, das kann es doch nicht sein."

Karl schoss vieles durch den Kopf. Wie er sich seit dem Schulabschluss bei den Reedern vorgestellt und der Vater ihn begleitete hatte. Er dachte an die vielen Probetage, die er absolvierte, meist nur wenige Stunden, ehe die Vorarbeiter sagten, dass er nicht gut genug sei, zu schwach, zu langsam.

„Die ganze Plackerei, für nichts", sagte Joachim. „Dass du das nicht willst, das kann ich verstehen. Ich wäre auch gern so."

„Wie denn?", fragte Karl.

„Einfach Schluss machen. Nichts mehr machen. Am liebsten würde ich abhauen", sagte er und machte eine ausholende Geste, „einfach weg." Er sah auf die Funkgeräte. „Damit kann ich mit der ganzen Welt reden."

9

Nach einer langen Stille begann Joachim mit leiser Stimme davon zu erzählen, als er mit seiner Mutter allein lebte. Morgens verließ sie die Wohnung, und er blieb zurück. Er lag lange herum, spielte oder schaute aus dem Fenster. Lernte früh, die Uhr zu lesen. Er wusste, wo die Zeiger standen, wenn die Mutter nach Hause kam, und dass sie sich mit lautem Ticken, das die Wohnung erfüllte, langsam diesem Punkt auf dem Zifferblatt näherten.

Joachim räusperte sich und wischte mit der Hand über ein Funkgerät.

„Eines Tages", sagte er lauter, „brachte sie einen Mann mit. Dein Vater, hat sie gesagt. Er ist mir immer fremd geblieben, mein Vater", sagte Joachim. „Ab da schlief ich in der Küche. Mein Zimmer wollte sie für sich. Ich hörte das Ticken der Küchenuhr und, wenn ich sie an mein Ohr legte, hörte ich die Armbanduhr von ihm. Es war ein gleichmäßiges Surren. Zu diesem Klang schlief ich. Wenn ich mich morgens wusch, hat er seine Uhr zwischen meinen Sachen hervorgeholt und sich um das Handgelenk gelegt, dann hat er meine Sachen zusammengepackt, ins Wohnzimmer gebracht und in einen Schrank geräumt." Joachim schaute zu Karl hinüber, ohne ihn direkt anzusehen. „Er ist zur Arbeit gegangen. In die Werft, wo ich jetzt auch bin. Nachmittags kam er nach Hause und brachte einige Lebensmittel mit, oder ich ging mit ihm los, um Einkäufe zu machen. Auf dem Wochenmarkt kannte er jeden, hat lange mit den Verkäufern geredet. Er schien alles über sie zu wissen, wo sie herkamen, in welchen Stadtteilen sie noch unterwegs waren." Gedankenverloren sah Joachim nach unten, wo, da es dunkler geworden war, ein leichter Schimmer über das Wasser lief.

„Arbeitet er noch dort, in der Werft?", fragte Karl.

„Nein."

Dann sagte Joachim nichts mehr. Fest verschränkte er die Arme, drückte den Rücken durch und schaute in eine andere Richtung.

Karl zog die Regenjacke aus. Sie war nass und schwer, es schien ihm, als könne er so einen Teil der Nässe, die ihm bis auf die Haut ging, ablegen.

„Plötzlich ist er nicht mehr zurückgekehrt", setzte Joachim wieder an. „Mutter dachte aber, dass er wiederkommt. Oft stand sie am Fenster und schaute hinunter, und wenn einer vorbeiging, der ähnlich aussah, ist sie hinuntergerannt." Er fuhr sich über Kinn und Nacken. „Wenn wir auf der Straße unterwegs waren, ist sie manchem Mann hinterhergelaufen. Wenn der sich dann umdrehte, war es wieder nicht der Vater." Joachim blickte starr vor sich hin. „Sie muss ihn wohl irgendwann aufgegeben haben. Plötzlich hieß es, dass er tot ist, und dann haben wir nicht mehr über ihn geredet."

Karl wusste nichts darauf zu sagen. Er dachte an seine Eltern, an ihre Schweigsamkeit. Dass auch die Mutter kaum über Heinrich sprach, wenn er nicht da war, und umgekehrt.

Sie hörten, wie unten das Tor aufgezogen wurde. Joachim, dem dieser Klang vertraut war, lief nach vorne an den Zaun. Karl folgte ihm. Sie sahen eine Gestalt, die langsam um sich blickte und dann zu ihnen hinauf. Sie war in dickes Ölzeug gehüllt.

Joachim machte einen Schritt zurück. Doch sie waren bereits gesehen worden.

10

„Karl, bist du da oben", rief die Gestalt.

„Ist das dein Alter?", fragte Joachim.

Heinrich verschwand im Nachbarraum, und dann war er auch schon auf der Treppe. Er nahm mehrere Stufen auf einmal, in Windeseile hatte er sich der Plattform bis auf wenige Stufen genähert.

„Was machst du hier? Ich dachte, dass du den Leuten hilfst." Langsam ging er auf Karl zu, ohne Joachim zu beachten.

Karl stammelte, dass sie unterwegs gewesen seien, doch jetzt hätten sie Pause gemacht. Das Boot, es sei hier sicherer.

„Du spinnst dir was zusammen", sagte Heinrich verärgert. „Du hast dich herumgetrieben, mit diesem Nichtsnutz." Er wies auf Joachim. „Dieser Bursche hier, ein ganz übler Langfinger ist das." Er sprang auf Joachim zu und ging ihm mit einer Hand ans Schlafittchen. Obwohl Joachim ihn um einen Kopf überragte, zog und schubste Heinrich ihn herum wie einen ungezogenen Jungen. Joachim setzte sich zur Wehr, indem er sich duckte und Heinrich plötzlich ins Gesicht schlug. Der kurze, feste Schlag traf ihn mit der flachen Hand am Kinn. Heinrich taumelte kurz, dann trat er dem Jungen, der sich weggedreht hatte, umso heftiger in die Kniekehlen, griff an seinen Kragen und zwang ihn auf den Boden:

„Dich habe ich schon lange auf dem Kieker. Hat deine Mutter nicht gut genug auf dich aufgepasst? Gib es doch zu, dass du meinem Jungen das Fahrrad geklaut hast."

Joachim mied den Blickkontakt, und auch Karls Blicken wich er aus.

„Und was ist das hier? Ist das die Lagerhalle für deine Hehlersachen? Ich besorge euch noch Fietes Boot, damit ihr hier in aller Seelenruhe die Häuser ausräumen könnt?" Heinrich schlug auf Joachims Hinterkopf.

Karl ging dazwischen und versuchte den Vater von Joachim wegzuschieben.

Hart schlug auch ihm Heinrich ins Gesicht. Karl kniff die Augen zusammen, fasste sich ins Gesicht, fiel auf die Knie. Er wandte sich ab, hörte nur noch das Keuchen von Heinrich und Joachim, die auf dem Boden miteinander rangen. Joachim gewann die Oberhand, lehnte auf Heinrich und versuchte ihn festzusetzen. Doch im nächsten Moment kämpfte sich Heinrich wieder frei, zwang Joachim nach unten und versetzte ihm kurze Schläge mit der flachen Hand auf den Kopf. Joachim wirkte benommen, doch Heinrich schlug immer weiter.

„Hör auf", rief Karl. Sein Ausruf ging im allgemeinen Lärm auf.

Als hätte er Karl dennoch gehört, hielt Heinrich inne und richtete sich langsam auf. Er ließ Joachim nicht aus den Augen, strich seine Ölsachen glatt und, ohne ihn anzusehen, sagte er: „Karl. Komm. Wir gehen."

Damit wandte er sich zur Treppe.

Karl stand auf. Hatte Joachim eben noch benommen gewirkt, so war jetzt die blanke Wut in seinem Blick.

„Was ist?", fragte Heinrich und ging die Stufen hinunter.

Blitzschnell sprang Joachim von hinten auf Heinrichs Rücken. Sie prügelten sich auf der Treppe. Wieder war es Heinrich, der auf Joachim einschlug. Doch jetzt schlug er fester zu.

„Lass das", rief Karl.

Joachim schien alle seine Kräfte zu sammeln. Er erhob sich und drängte Heinrich über den Handlauf der Treppe hinaus.

Heinrich hielt sich am Gitter fest, erst mit beiden Händen, dann mit einer, und in diesem Moment war es Joachim, der auf seinen Kopf einschlug. Heinrich schrie auf. Er konnte sich nicht mehr halten. Mit einem gellenden Schrei fiel er mehrere Meter in die Tiefe und schlug im flachen Wasser auf.

Karl stockte der Atem. Joachims Blick drückte eine unheimliche Befriedigung aus. Dann rannte er die Stufen hinunter, sprang ins flache Wasser, durchpflügte es, an Heinrich vorbei, und verließ die Halle.

11

Karl nahm seine Regenjacke. Langsam ging er die Treppenstufen hinunter. Er zitterte in allen Gliedern. Mit weichen Knien nahm er Stufe für Stufe und ließ den Vater nicht aus den Augen. Bevor er am Fuß der Treppe angelangt war, stieg er durch das Geländer, hangelte sich hinunter und sprang. Eine kreisförmige Welle entstand um ihn, als seine Füße bis zu den Knöcheln in das Wasser klatschten, und dann bewegte er sich auf den Vater zu.

Langsam hob Heinrich den Kopf, der halb im Wasser gelegen hatte. Er schaute zu Karl hinauf, in seinem Gesicht war ein verzweifeltes Staunen. Er lag seitlich verdreht, und als sich Karl in das Wasser kniete, traf ihn der Blick des Vaters wieder. Heinrich versuchte etwas zu sagen, doch ein Hustenanfall hinderte ihn daran.

Karl hatte es die Sprache verschlagen. Etwas unbeholfen versuchte er den Vater aufzurichten. Es geriet zu einer Umarmung, einer Umklammerung, für die der Vater alle Kraft zusammenzunehmen schien. Ihn so haltend, konnte Karl seine Regenjacke unter den Rücken des Vaters legen.

Das Ohr dicht an seinen Mund gelegt, konnte Karl nur verschluckte Laute hören, sie gingen in ein langgezogenes Seufzen über.

Dann sackte der Vater zurück.

XII

1

Agnes stand am Fenster, hinter sich hörte sie die Geräusche der Kogge. Den gleichmäßigen Atem Schlafender, jemanden, der im Traum wirr sprach, das Anreißen eines Streichholzes und den beinahe andächtigen Atem eines Rauchers am Ende des Raums.

Dort lag Jens unter der Decke. Seine Frau hatte sich zu ihm gelegt, ihn fest umarmt und beide waren sie eingeschlafen. Agnes hatte die Frau nur wenige Male auf dem Wochenmarkt getroffen. Jens hatte nie viel von sich erzählt, und jetzt, da diese fremde Frau so vertraut mit ihm war, fühlte Agnes, dass er ihr fremd war.

Draußen sah sie einen Militärlaster, der durch bedrohlich tiefes Wasser fuhr. Hier und da hatte er Schlagseite, schien stecken zu bleiben, doch dann kämpfte er sich weiter. Ein Soldat lehnte sich aus dem Fenster des Fahrerhäuschens, um nach Hindernissen Ausschau zu halten, eine aussichtslose Tätigkeit, wie Agnes schien. Langsam kam der Lastwagen näher, bis er an der kleinen Steigung vor der Kogge steckenzubleiben schien. Der Motor heulte auf, die Räder drehten durch, Wasser spritzte in die Höhe. Es schien ein hoffnungsloser Kampf, doch dann schnellte das riesige Gefährt plötzlich den Abhang herauf, wo es längs der Kogge stehenblieb.

Zwei Soldaten sprangen ab, liefen nach hinten und öffneten die Ladefläche. Sie hatte erwartet, dass weitere Evakuierte aussteigen würden, doch es waren nur einige Soldaten, die verschiedene Dinge auszuladen begannen. Oke war herbeigelaufen und redete mit einem Mann, dessen grüne Schirmmütze tief in das Gesicht gezogen war. Okes Rücken verdeckte die anderen, sodass sie nicht sah, was die Soldaten ausluden.

Sie ging hinüber. Die Soldaten hatten einen Tisch in die Mitte des Gastraums geschoben, luden Nahrungsmittel darauf und begannen sie zu verteilen. Frisch gebackene Kastenbrote, Konserven und Wasserkanister.

Eine Menschentraube bildete sich um den Tisch und ordnete sich unter dem Befehlston der Soldaten ungelenk zu einer Schlange.

„Du brauchst dich nicht anzustellen", sagte Oke, der ihr jetzt, da es eng im Gastraum wurde, plötzlich sehr nah war. „Ich habe mit einem gesprochen, er zweigt für die Kogge etwas ab."

2

Agnes trat hinter die Theke. Novotny hatte ein schmales Brett ausgelegt, das er als Rampe bezeichnete. Wie ein Grummeln hörte sich das Rollen des Bierfasses an. Es wurde schnell lauter, und dann war Novotny schon an der schmalen Tür, die vom Tresen in die Küche führte, wo er das Fass trotz Krücken auf die Rampe bugsierte, um es über die Schwelle zu bekommen.

Er rollte das Bierfass, indem er ihm mit der Linken einen Schubs gab und dann, sich nur mit der Rechten auf einer Krücke abstützend, nach vorn humpelte.

Obwohl Agnes die Kogge seit vielen Jahren kannte, wusste sie erst, seit sie hier arbeitete, dass fast alles auf Novotnys Körper abgestimmt war. So selbstverständlich, wie er sich durch die Kogge bewegte, hatte sie von jeher seine Behinderung wahrgenommen.

Als er das Fass an die Theke rollte, stützte er sich auf einer Leiste ab, die für genau diesen Handgriff vorgesehen war, zog das leere Fass heraus und hievte das neue Bierfass an dessen Platz. Er musste tief ein- und ausatmen, und sein Gesicht nahm augenblicklich eine rote Färbung an, als er das volle Fass mit dem Arm umschlang, an seinen Platz stemmte und anschloss.

Agnes ging zu ihm hin. Als sie das leere Fass im Hausflur abstellte, fühlte sie einen Schmerz an der Hüfte und im Rücken, die wunden Stellen, die sie sich während der Flut zugezogen hatte.

Sie lehnte sich an die Wand und dachte an ihre Wohnung, wie sie jetzt da lag, verlassen, während das Wetter an den Mauern riss, und niemandem Zuflucht bot. Oder war sie bereits aufgebrochen, die Spardose entwendet, waren die Schränke durchwühlt worden?

Als sie ein Zigarettenpäckchen aus ihrer Tasche nahm, ertastete sie einen Schmerz in der Leistengegend. Sie schob den Pullover etwas nach oben, besah ihren Bauch und die Seite, auf die sie gefallen war, als das Wasser sie erfasst hatte. Die großen blauen Flecken waren zu einer einzigen Fläche geworden. Ihre Farbe hatte sich ins Dunkelviolett-Schwarze hinein verändert.

Agnes klopfte eine Zigarette aus dem Päckchen, das sie sich für solche Momente stets aufhob, klemmte sie zwischen die Lippen und zündete sie an. Das Sturmfeuerzeug hatte ihr Heinrich aus dem Krieg mitgebracht. Ab und zu fragte er danach, reinigte es hingebungsvoll und tränkte Docht und Watte mit Benzin.

3

Eine junge Frau war hereingekommen. Etwas Verstörtes lag in ihrem Auftreten. Immer wieder sah sie sich um und an sich hinunter. Sie setzte sich in eine Ecke der Kogge. Gebannt blickte sie auf einen Punkt hinter der Theke, als könne sie in der Maserung der Holzwand etwas Entscheidendes erkennen.

An jedem anderen Tag hätte Agnes gefragt, was mit ihr sei, doch heute war sie schon zu vielen begegnet, die ein Problem hatten.

Fiete setzte sich an die Theke. Demonstrativ stellte er das leere Bierglas vor sie hin. Er trinke nicht mehr, erklärte er, als sie es neu füllte.

„Das Saufen habe ich mir schon lange abgewöhnt. Ich trinke nur noch Bier."

Während sie das Bier zapfte, wies er mit dem Kopf in Richtung Tür und fragte, wie es Karl gehe, immerhin sei sein Boot zurück, es liege da draußen.

„Karl?", sagte sie. „Wieso?"

„Die waren draußen, mit meinem Boot", sagte er. „Alle rausgeholt haben sie. Jens' Frau und..." Fiete überlegte, nahm das Bier und trank es bis zur Hälfte aus.

Agnes hatte Karl seit Stunden nicht gesehen. Sie dachte an Heinrich, wie er losgezogen war, um Karl und seinen

Schulkameraden Joachim zu suchen, dem er nicht über den Weg traute. Unruhig ging sie vor die Tür in den Regen hinaus, es dämmerte bereits. Das Boot war aus dem Wasser gezogen worden. Der Wind, der um die Häuser pfiff, zerrte an ihr.

„Agnes", sagte Novotny. „Komm rein. Du bist nicht angezogen für dieses Wetter."
Erst jetzt bemerkte sie, wie sehr sie fror, und langsam folgte sie Novotny, der zurück in die Kogge humpelte.
„Ist das dein Boot da draußen?", rief Novotny, als er sich Fiete näherte.
Fiete nickte. „Und wo sind die Jungs?"
„Ich bin mit dem Boot hier", sagte die Frau mit dünner Stimme.
Während die anderen sich ihr langsam zudrehten, sie umstellten und auf sie hinuntersahen, verstummte sie wieder, verkroch sich in ihren Mantel und blickte auf den Boden.
„Was ist?", rief Agnes, sprang auf die Frau zu und rüttelte an ihren Schultern. „Reden Sie doch endlich, was ist mit ihm, was ist mit meinem Jungen, sagen Sie doch etwas!"

„Ein Grog kann nicht schaden", sagte Novotny. Er goss Tee auf, gab ordentlich Rum dazu und stellte das Getränk vor die Frau hin.
„Und wenn ich ihn ihr ins Gesicht schütten muss", sagte Agnes.
„Ganz ruhig", erwiderte Hinrichsen.
Die Frau nippte am Getränk. „Die waren total irre",

sagte sie. „Vor allem der eine. Der größere. Ist das ihrer? Fast den Kopf eingehauen hätte der mir." Sie nahm einen großen Schluck heißen Grog, begann zu husten, als müsste sie daran ersticken.

Nur langsam beruhigte sie sich.

„Da bin ich abgehauen, mit dem Boot da draußen. Einfach weg."

„Und jetzt sind die allein … ist er allein da draußen", sagte Agnes langsam.

Sie wandte sich an Hinrichsen.

Der Polizist stand am Sparschrank, ein abgegriffenes Bierglas in der Hand.

„Wir müssen da hin", sagte sie, „jetzt sofort."

„Mal sehen, was sich machen lässt", sagte der Schutzmann.

4

Agnes wusste nicht, wie lange sie starr dagestanden hatte. Sie zitterte, ohne zu frieren, wischte sich mit dem Handrücken über die Wange, ging hinter die Theke und zapfte sich ein Bier, das sie in konzentrierten Schlucken trank.

Pauline nahm an der Theke Platz.

Im Aschenbecher lag eine Zigarette. Ein dünner Rauchfaden stieg auf, kräuselte sich und verlor sich in der abgestandenen Luft.

Wortlos nahm Pauline das Päckchen, das auf der Theke lag, klopfte eine Zigarette heraus und steckte sie Agnes zwischen die Lippen, zündete sie an. Agnes atmete mehr Rauch ein als sie ausstieß, lehnte sich zurück und schloss die Augen.

„Sag mal, weinst du?", fragte Pauline. „Ist es wegen Dirk und Henri?"

Agnes schüttelte den Kopf. Sie nahm wieder einen Zug, und im Ausatmen sagte sie: „Warum denn Dirk?"

„Hast du es noch nicht gehört? Das Männerwohnheim ist weg. Die Flut hat es mitgenommen, und von Henri gibt es keine Spur."

Agnes nickte wie abwesend, dachte an Henri, wie er hier gestanden und alle eingeladen hatte, obwohl er pleite war. Henri und Dirk.

„Dirk liegt hinten und sagt nichts mehr. Ich bin zu ihm gegangen und habe versucht, ihn munter zu bekommen. Da ist nichts zu machen." Pauline drückte ihre Zigarette aus.

5

Nach einiger Zeit kam Hinrichsen in die Kogge und lehnte sich an die Küchentür.

„Kommen Sie, Agnes", sagte er, „wir sollten keine Zeit verlieren."

Sie gingen hinaus. Als er ihr in das Boot helfen wollte, wehrte sie ab.

Mit ruckartigen Bewegungen warf Hinrichsen den kleinen Außenbordmotor an, und langsam fuhren sie los.

Den kalten Februarwind spürte Agnes an den Wangen, die Haut begann zu spannen und wurde allmählich taub.

Über den Häusern sah sie die Hubschrauber kreisen.

„Es war nicht leicht, etwas aus ihr herauszubekommen", sagte Hinrichsen. „Sie wusste nicht genau, wo sie die beiden zuletzt gesehen hat und wie sie in die Kogge gekommen ist. Der Bengel, mit dem dein Junge unterwegs war, dieser Joachim, der ist auf sie losgegangen", sagte Hinrichsen. Er räusperte sich. „Sie ist wohl abgehauen, hat nicht viel gesagt, aber da habe ich dann eins und eins zusammengezählt."

Der Wind pfiff um die Häuser. Wenn sie eine Kreuzung passierten, waren sie dem Sturm ausgesetzt, wie im offenen Meer.

Auf den Treppenabsätzen der Häusereingänge, wo das Wasser noch nicht war, standen Leute, manche hatten die Fenster geöffnet, lehnten sich heraus, rauchten und riefen nach ihnen, brüllten etwas herüber, meist war es an Hinrichsen gerichtet, dass sie keinen Strom hätten, kein Essen und kein Wasser, und was denn eigentlich von den Hubschraubern zu erwarten sei.

„Die holen uns alle raus", rief jemand.

„Das glaubst du doch selbst nicht", erwiderte ein anderer.

Sie verließen die Wohngebiete in Richtung einiger Lagerhäuser. In der Ferne konnte sie den Deich erkennen, der in den Fluten so ebenmäßig verlief, als hätte er keinen Schaden genommen. Erst weiter hinten brach er plötzlich ab. Häuser und Bäume, die hier gestanden hatten, waren verschwunden, die Schuppen und Hütten der Schrebergärten am Deich ragten kaum noch aus dem Wasser.

Hier hatten überall Menschen gelebt, mehrere Tausend mochten es gewesen sein. Doch in Gedanken war sie nur bei Karl und Heinrich und hoffte inständig, dass es ihnen gut ging.

„Da vorne“, rief Hinrichsen plötzlich und wies in die Richtung, die das Boot nahm. „Agnes“, rief er, „sehen Sie.“

XIII

1

„Scheiße", schrie Joachim. „Wir müssen ihn da rausholen."

Karl sah die Verzweiflung in seinem Gesicht. Heinrich
regte sich kaum, als Joachim sich hinter ihn kniete und
versuchte, ihn hochzuheben. „Das tut mir so...ver-
dammt nochmal...leid, Herr...Blomstedt!", schrie
Joachim.

Karl nahm den Vater an den Beinen. Er war bleischwer,
wie ein schlaffer Sack hing er zwischen ihnen.

„Wir bringen ihn da rüber", sagte Joachim. Schwerfällig bewegte er sich rückwärts durch das Wasser, wo das
Boot, das der Vater genommen hatte, in einer Nische
festgemacht war.

Gebannt blickte er wieder in Heinrichs verzerrtes Gesicht.

„Höher", rief Joachim. „Er muss ins Boot."

Karl versuchte die Beine des Vaters so hoch zu heben,
wie er konnte. Mit aller Kraft zerrte er an den Hosen,
versuchte das Gewicht, weit nach hinten gebeugt, auf
Brustkorb und Schultern zu nehmen, doch die Beine
gaben nach. Schwer krachte Heinrich ins Boot.

Karl kletterte ins Boot.

„Vater, was ist...", sagte er und bemerkte, dass ihm
weitere Worte fehlten.

Heinrich wandte sich ihm zu, als ob er ihn erst jetzt
sähe.

Schnell watete Joachim aus der Halle, das Boot vor sich her schiebend.

Es regnete nicht mehr. Stattdessen war es sehr kalt geworden, und während Joachim zu rudern begann, nahm Karl seine Jacke, die durchnässt war, und legte sie über den Vater.

„Wie weit ist es?", rief er.

Joachim antwortete nicht.

2

Von dort, wo der Deich gebrochen war und den Blick auf eine große Wasserfläche freigab, kam jetzt eisiger Wind. Karl, der nur einen durchnässten Wollpullover trug, zitterte am ganzen Leib.

Joachim ruderte am Deich entlang. Bäume und Autos trieben im Wasser, Kadaver von Pferden, Kühen und anderen Tieren. Plötzlich ragte ein Arm heraus, der zugehörige Kopf wurde von Joachims Ruder aufgewühlt, jemand brüllte, doch Karl schaute nicht hin.

Sein Vater lag nun reglos im Heck des Bootes. Er blickte nach oben, als würde er im dämmrigen Himmel etwas erkennen.

Vorsichtig näherte sich Karl dem Vater und legte das Ohr nah an seinen Mund. Atmete er noch? Aber er konnte nur Außenbordmotoren, vereinzelte Stimmen und entfernte Hubschrauber hören. Er spürte einen leichten Druck, als ob Heinrich ihn fortschöbe.

Joachim wirkte müde und angespannt zugleich. Er machte eine unwillige Handbewegung in seine Richtung.

„Soll ich mal?", fragte Karl.

Gewissenhaft legte Joachim die Ruder auf den Rand des Bootes und kletterte in den Bug.

3

Zügig tauchte Karl die Ruder ins Wasser und kämpfte gegen die Strömung an. Treibgut und Schrott bremsten das Boot, und Menschen versuchten hineinzuklettern. Schweiß lief ihm die Wange hinab, und dann sah er, dass Heinrichs Blick glasig geworden war.

„Vater!", rief er. „Was ist mit dir?" Karl ruderte heftiger, ohne Heinrich aus den Augen zu lassen.

Joachim rüttelte an Heinrich. „Blomstedt", rief er und gab ihm leichte Backpfeifen, links, rechts, „Blomstedt!"

„Na, mein Junge, nicht so…", sagte Heinrich plötzlich, „…nicht so doll." Karl war hin- und hergerissen. Schaffte er es noch?

Sie hatten sich vom Deich wegbewegt, einigen Bäumen entgegen, die dort standen, wo vorher Straße gewesen war.

„Karl", rief Joachim.

Und als Karl innehielt, hob Heinrich gerade die Hand. Dort oben hing es. Unbeschadet hing dort das Fahrrad im Geäst. Karl ging auf die Knie und robbte zu Heinrich. In Heinrichs Blick lag Erstaunen.

Karl hatte ein klammes Gefühl in der Magengrube, ein Kribbeln am Rücken, und er fühlte die körperliche Nähe seines Vaters und eine plötzliche Ruhe, die von ihm ausging.

XIV

1

In fester Umklammerung hielt Agnes das Tau in der Hand. Sie konnte sich nicht bewegen, von der Brust bis in die Schultern und den Nacken aufwärts zog sich ein dumpfer Schmerz.

Sie kniff die Augen zusammen. War es eine Absperrung, dort, zwischen den Bäumen? Ein Balken, wohin Hinrichsen wies?

Was meinte er?

Jetzt. Da vorn konnte sie ein Ruderboot erkennen. Zwei Gestalten darin. Oder waren es drei?

„Hinrichsen", rief sie, „machen Sie schnell."

Sie riss die Arme in die Höhe, hatte die Schmerzen vergessen. Hörten sie sie? Warum regte sich niemand?

„Frau Blomstedt", schrie Hinrichsen. „Setzen Sie sich hin, Agnes."

Das Boot war auf der Höhe der Hafenrandstraße. Jetzt erkannte sie Karl und Joachim.

2

Als sie bis auf wenige Meter an das Boot herangefahren waren, stand Agnes auf und breitete die Arme aus, beugte sich ihrem Sohn entgegen und fiel über Bord. Sie hörte noch jemanden rufen, dann war sie unter Wasser.

Kälte legte sich um ihren Brustkorb, drückte ihn zusammen wie eine feste Umarmung. Etwas zog sie nach unten in den morastigen Grund, von dem sie sich kaum abstoßen konnte. Im dickschlammigen Brackwasser trieben Äste und Bretter. Sie schlug gegen die raue Rinde eines Baumstamms und widerstand dem Impuls einzuatmen. Wusste oben und unten nicht mehr zu unterscheiden, hörte nur Geräusche, die sie nicht verstand. Dann griff sie nach dem Tau, riss daran und kam langsam an die Wasseroberfläche. Dann hörte sie ein lautes Röcheln und einen gellenden Schrei. Es war sie selbst gewesen.

Karl, der mit erschrecktem Ausdruck auf sie zukam, nahm sie vom Ruderboot aus an den Schultern. Hinrichsen war dicht an sie herangefahren, so dass sie Angst bekam, von den beiden Booten zerquetscht zu werden, und dann hievten sie sie aus dem Wasser. Sie ließ ihren Sohn nicht mehr los, der auch sie in fester Umarmung hielt.

„Was machst du denn … für Sachen …?", sagte sie zitternd.

„Und wie … was ist mit … ihm?"

„Ich … ich …", stammelte Karl.

Sie sah ihn, Heinrich. Sie wollte zu ihrem Mann, aber Hinrichsen hielt sie zurück.

„Lassen Sie, Agnes", sagte er.

„Was ist mit ihm?", schrie sie. „Lassen Sie mich …"

Sie machte sich los.

„Da ist nichts mehr zu machen, Agnes", sagte der Polizist.

3

Im ersten Moment fühlte sie nichts. Sie setzte sich zu Heinrich. Als sei nichts passiert, nahm sie seine Hand, die kalt war und groß.

Hinrichsen kettete die Boote zusammen, nahm die Jungs mit in das Polizeiboot und fuhr dann langsam zurück zur Kogge.

Selten schaute sie zu Heinrich hinüber. Sie legte nur den Arm um ihn.

Karl sah einige Male über die Schulter zu ihnen zurück.

Es war bereits dunkel geworden.

Hinrichsen steuerte das Boot zur Kogge, sprang in das flache Wasser, das Boot hinter sich herziehend, und knotete es an einem Straßenschild fest.

Dann ging er zurück zu den Jungs, die zögernd aufstanden. Erst jetzt sah Agnes, dass Karl an der Rechten und Joachim an der Linken Handschellen trugen. Der Schutzmann zog sie an der kurzen Kette, die die Schließen verband, aus dem Boot.

Sie verschwanden in der Kogge. Agnes wusste nicht, wie lange sie so starr stand, sah nur, dass sich immer mehr Leute um das Boot scharten. Dann kam Hinrichsen aus der Kogge, hinter ihm Fiete und Novotny.

„Kommen Sie", sagte Hinrichsen, auf den Boden blickend. „Agnes, ich bitte Sie."

Novotny kam auf sie zu, nahm die eine Krücke zur anderen, stützte sich darauf und hielt ihr die freie Hand hin.

Agnes wehrte ab und schob sich ohne zurückzublicken an den Menschen vorbei in das Haus.

XV

1

Wenn Karl zurückdachte, wirkte alles wie ein Traum. Die Flut, die Menschen, die sie überlebten, und die Toten, ertrunken, erfroren, zerschmettert oder vor Entkräftung gestorben. Er dachte an die Kogge, die Funkgeräte, und daran, wie er mit Joachim durch Wilhelmsburg gerudert war.

Hinrichsen hatte Joachim und Karl mit auf die Wache genommen. Er trennte sie voneinander. Karl saß lange allein in einem Zimmer und wartete auf den Polizisten. Eigentlich war es eher eine Kammer, in der ein Schreibtisch stand, eine Liege, und an der Wand hing ein Kalender, der den Monat November 1961 zeigte. Krakelig waren Notizen eingetragen. Bei manchen Tagen standen Namen – Helmut, Paul, Ove –, teils ausgestrichen oder mit Häkchen versehen und mit Pfeilen, die in andere Spalten wiesen.

Wo war Heinrich? Hatten sie ihn ins Krankenhaus gebracht, nach Groß Sand oder Harburg? Oder lebte er nicht mehr? Er dachte an Hinrichsens Worte – „da ist nichts mehr zu machen…"

Plötzlich trat Hinrichsen ein. Er setzte sich vor Karl an den Schreibtisch und befragte ihn über den Tathergang. Er machte sich knappe Notizen und an der Art, wie er Fragen stellte, merkte Karl, dass der Vater tot war.

Er verstummte.

Lange blieben sie so voreinander sitzen.

„Hast du noch etwas zu sagen?"

Karl dachte nach.

„Wie dem auch sei", sagte Hinrichsen, „ich muss dich leider mitnehmen."

2

Karl stellte sich ans Fenster. Er konnte auf eine Freifläche blicken und auf die Betonwand, die hier alles umgab. Es wurde an die Zellentür geklopft. Drei kräftige Schläge, und dann ging das Licht an.

Karl teilte sich die Zelle mit Jürgen, einem pickeligen Jungen, der sich nachts hin und her wälzte. Jetzt zog sich Jürgen den Arbeitsanzug über, lehnte sich an das Bett und wartete.

Karl öffnete seinen Spind, um die Sachen zusammenzusuchen. Er musste an seine Mutter denken. Es belastete ihn, dass er nicht mit ihr hatte sprechen können. Was mochte Agnes über ihn denken? Wie ging sie mit dem Tod des Vaters um? Gern hätte er gelesen, einen Roman oder einen anderen Text, der eine Struktur vorgab, seine Gedanken ordnete oder von ihnen ablenkte. Immer wieder sah er das erschreckte Gesicht des Vaters, spürte seinen kalten Körper neben sich im Boot. Nachts schlief er kaum und schreckte nach kurzer Zeit wieder hoch.

Immer wieder dachte er an Inge. Wie er ihr aus dem Boot half, wie sie an den Funkgeräten saß und ihr weiches Haar die Kopfhörer umspielte. Es erfüllte ihn mit Wehmut, dass er nicht wusste, ob er sie wiedersehen würde.

Wusste sie, dass er im Gefängnis einsaß? Wie lange würde er hierbleiben müssen und konnte er es vor ihr verheimlichen?

Sein Blick fiel auf die Innenseite der Spindtür. Ein Zettel war daran geheftet, ein eng bedruckter Bogen „Allgemeine Verhaltensregeln", in Spalten und Paragrafen unterteilt. Der Text war in umständlichem Amtsdeutsch geschrieben, und Karl las ihn, als bezögen sich die Anweisungen nicht auf ihn. Er gab sich ihnen Zeile für Zeile mit Genugtuung hin und beachtete den Inhalt der Worte kaum. Dass den Anordnungen der Mitarbeiter Folge zu leisten war, zugewiesene Orte nur mit Erlaubnis zu verlassen waren und die Häftlinge nur genehmigte Gegenstände besitzen durften.

Jetzt hörte Karl, wie Zellentüren geöffnet wurden. Er nahm das Handtuch und die Kernseife und wollte den Spind schon schließen, als sein Blick erneut an dem Text hängen blieb, dass er zur Arbeit verpflichtet sei und wenn er sie ordentlich mache, ein Arbeitsentgelt erhalte.

Als die benachbarten Eisentüren geöffnet wurden, hörte Karl das Klirren und Schaben des Schlüsselbunds auf dem Metall, das Klacken der geöffneten Riegel und das Quietschen, wenn die Tür aufschwang.

„RECHT AUF SCHRIFTWECHSEL", las er, „Sie können eigenes Briefpapier verwenden oder erhalten…"

Jetzt hörte er den Schlüsselbund an der Tür, das Klacken der Eisenriegel und hektisch las er weiter:

„…oder erhalten Briefpapier und Umschläge vom Stationsbeamten. Die Briefe müssen Sie frankiert und *unverschlossen* in den Briefkasten der Station stecken. Eingehende und ausgehende Post kann überwacht werden."

Jetzt schwang seine Zellentür auf, und Karl beeilte sich, den Spind zu verschließen. Er fädelte das Vorhängeschloss in die Öse und drückte es zu.
Jürgen war schon draußen im Gang. Ungeduldig kam der Stationsbeamte zu Karl herein. Er sah ihn an, stellte sich seitwärts an die Tür und wies ihn nach draußen.

3

Die Arbeit wurde an großen Tischen verrichtet, die in Einzelarbeitsplätze unterteilt waren. Ein schmaler Pappkarton war vor ihm aufgebaut, auf dem die Zahl achthundert stand. „Sorte: 5165 – 7042, Rel. Bkg, 190, T 123", las Karl und öffnete den Karton. Metallplättchen.
Der Kalfaktor, ein dicklicher Mann mit stechendem Blick, strich seine Häftlingskleidung glatt und sagte: „Abschleifen, die Kanten müssen glatt sein". Er hielt ein Plättchen hoch und nahm ein zweites aus dem Karton. Er hielt sie aneinander. Karl sah die Schwielen, kleinen Wunden und eingerissenen Fingernägel. „Hier-

mit", sagte er, zeigte auf Feile und Schmirgelpapier auf Karls Arbeitsplatz. Dann ging er.

Karl blickte sich um zu den anderen, dann begann er selbst zu arbeiten. Anfangs orientierte er sich an dem Plättchen, das der Kalfaktor als beispielhaft bereitgelegt hatte. Die Arbeit, die anstrengend, aber leicht zu verstehen war, ging ihm gut von der Hand. Er bemühte sich, ähnlich schnell zu sein wie die anderen, kam jedoch nicht hinterher.

Die Gedanken an den Vater, an die letzten Tage, schob er beiseite. Wie ging es jetzt weiter? Wie lange würde er hier bleiben müssen? Würde man ihn anklagen?

Erneut musste er an Inge denken. Wusste sie, was passiert war? „Nicht so langsam, Blomstedt", sagte der Vorarbeiter, der mit dem Kalfaktor jetzt hinter ihm stand. Er nahm die Plättchen, die Karl schon abgeschliffen hatte. „Sie sind kein Naturtalent", sagte er, „aber Sie arbeiten gut." Er hob ein Plättchen in die Höhe. „Sehen Sie hier?" Der Kalfaktor nickte, doch Karl konnte nicht erkennen, was der Vorarbeiter meinte.

„Blomstedt sieht es nicht", sagte der Vorarbeiter zum Kalfaktor. Er war ein kleiner, sehr ernsthafter Mann. „Fühlen Sie mal mit dem Finger." Er gab Karl das Plättchen und führte Karls Daumenkuppe darüber. „Die Erhebung."

Karl nickte.

„Muss weg." Damit ging der Vorarbeiter weiter, und Karl setzte sich wieder an die Arbeit, bis die Sirene einen langgezogenen Ton von sich gab.

4

Das Abendessen bestand aus einem dünnen Eintopf. Karl nahm das Kochgeschirr hervor, das ihm zugeteilt worden war, und holte sich seine Ration ab.

Langsam löffelte er den Henkelmann aus. Sollte er einen Brief schreiben, an Inge, sie um Besuch bitten oder würde auch ein Roman, ein Groschenheft, genügen? Er löffelte weiter und versuchte an etwas anderes zu denken.

Ein Wärter betrat die Kantine, von einem Kalfaktor begleitet, dessen Häftlingsuniform frisch gestärkt war. Dieser baute ein Radio auf dem Tisch auf, der an der Stirnseite der Essenshalle frei geblieben war und stellte es an.

Augenblicklich ließen alle die Löffel sinken. Manche blickten gebannt auf das Radio, andere auf die Fenster, die hier so hoch lagen, dass man unmöglich hinaussehen konnte.

Eine Radiostimme gab die Nachrichten durch. In Wilhelmsburg war die Lage unter Kontrolle, trotz der klirrenden Kälte, die eingesetzt hatte. Die Identifizierung Verstorbener war weit vorangeschritten. Erneut war mehreren Ostdeutschen die Flucht gelungen, ein Tunnel sei gegraben worden, unter der Mauer, die in Ostberlin erst im August gebaut worden war. Andere waren aus einem Kreuzfahrtdampfer von Bord gegangen und ans westdeutsche Festland geschwommen.

Der Kalfaktor drehte an einem der Rädchen des Transistorradios. Ein Störgeräusch entstand, und dann schoben sich Bruchstücke eines Liedes dazwischen:

„…Braut ist die See…ihr kann er treu… Wenn der Sturmwind sein Lied…"

Der Kalfaktor nahm das Radio wieder an sich, wickelte es in ein Tuch und folgte dem Wärter nach draußen.

Der Stationsbeamte war ein großer, etwas dicklicher Mann. Karl fragte ihn nach Briefpapier.

„Soweit kommt das noch", sagte der, sich ihm langsam zuwendend. „Sie sind doch erst seit wenigen Tagen hier und für neue Insassen…" Der Stationsbeamte hielt inne. „Moment mal", sagte er, „Karl?"

Karl blickte auf. Bartosz.

„Was machst du hier?"

„Dasselbe wollte ich dich fragen", sagte Karl.

Karl setzte an, Bartosz zu umarmen, da er froh war, hier jemanden zu kennen. Doch dann zögerte er, und Bartosz klopfte Karl unbeholfen auf den Arm.

Stille breitete sich aus, nur unterbrochen vom Klirren der Löffel in den Kochgeschirren.

Das Signal ertönte – Einschluss.

Karl wandte sich ab und ging zurück in die Zelle. Er spürte Bartosz' Blick in seinem Rücken, doch als er sich am Aufgang zu den Zellen umwandte, war Bartosz verschwunden.

5

Am Abend wurden die harten Liegen aus der Wand geklappt. Die obere war seine.

Lange lag er wach. Es gab so vieles, das er Bartosz fragen wollte. Wohnte er noch in Wilhelmsburg? Machte er hier eine Ausbildung? Seit wann? Wie hatte er die vergangenen Tage erlebt? Hatte er etwas von Joachim gehört? Saß Joachim auch ein? Hier?

Karl wurde klar, dass er Bartosz im Grunde nicht kannte und dass, was ihn von ihm trennte, nur der Umstand war, dass Bartosz einer geregelten Arbeit nachging. Deshalb hatten sie einander aus den Augen verloren, ohne dass Karl es überhaupt bemerkt hatte.

Plötzlich hörte er ein metallisches Quietschen. Die Klappe in der Tür, dachte Karl. Und dann schimmerte im dünn einfallenden Licht der Hofbeleuchtung etwas auf, ehe es zu Boden fiel. Es waren wenige Bögen Papier und ein Kuvert, in dem ein Bleistift stak.

Er suchte eine Position auf der Liege, in der möglichst viel Licht auf den Bogen fiel und begann zu schreiben. Der Bleistift raschelte auf dem Papier, aber die Worte, die er schrieb, konnte er nicht sehen.

Er verbarg die Bögen zwischen Matratze und Wand.

6

Am nächsten Morgen, als Jürgen schon an der Tür stand, nahm Karl die Briefbögen mit an den Spind. Jetzt konnte er das Gekrakel vom Vorabend sehen und den seltsamen Kontrast zum darauf gedruckten Namen der Justizanstalt: Hahnöfersand.

Er steckte sich einen der Briefbögen unter das Hemd und spürte während der Arbeit diesen biegsamen Widerstand des Papiers.

Das Mittagessen brachte er rasch hinter sich, stand auf, ging in eine Ecke des Speiseraums und zog das Briefchen hervor. Schnell schrieb er die Adresse des Pfandleihers darauf, da er sie dort vermutete, zu Handen Inge Lehner. Hektisch sah er sich um, ob ihm jemand über die Schulter schaute, zog den Briefbogen hervor und schrieb schnell einige Zeilen darauf.

„Inge, ich habe lange überlegt, wie ich Dir schreiben kann. Ich bin seit einer Woche hier. Es ist so schwer zu erklären. Grüße, Karl."

Er beeilte sich, den Brief zusammenzufalten, blickte sich um, steckte ihn in den Umschlag und führte ihn an die Lippen.
„Halt", rief Jürgen, „so nicht. Klebst du ihn zu, geht er nicht raus."
Jetzt drang der Signalton durch die Kantine. Die Mittagspause war vorüber. Er ging zu Bartosz, der die Häftlinge abzählte, die zur Arbeit gingen. Karl passte den Moment ab, bis er allein mit ihm war und gab ihm den Brief.
„Du hast keine Briefmarke", rief Bartosz noch. Dann schien er über die eigenen Worte zu erschrecken und schob sich den Brief unter die Jacke.

7

Wenn Karl bei der Arbeit saß, bemerkte er das Vergehen der Zeit nur am Voranschreiten des Uhrzeigers über dem Ausgang. In die Werkhalle fiel kaum Tageslicht, und sobald er wieder in der Zelle war, war es genauso dunkel wie am Morgen, wenn er von den Wärtern zur Arbeit geholt wurde.

Einmal war er zum Staatsanwalt geführt worden. Er befragte ihn kurz, und Karl erzählte wieder, was geschehen war. Es schien ihm, als spreche er über etwas, das nicht er selbst, sondern ein anderer erlebt hatte und bekam wieder das Gefühl, dass der Vater nicht tot war, jetzt gleich hereinkam, sich setzte und die Ölsachen einfettete oder einfach sitzenblieb, in Erwartung des Essens, das Karl ihm aufwärmte. Als Karls Erzählung endete, blieb es lange ruhig, hallten die Worte in seinem Ohr nach, während er das Kratzen des Füllfederhalters wahrnahm, mit dem der Staatsanwalt sich Notizen machte.

Nach Feierabend und vor dem Abendessen durfte er manchmal nach draußen. Mit Jürgen ging er dann im Kreis. Er wusste nicht, worüber er mit ihm sprechen sollte, fror etwas und war froh, seinen Körper auf diese Art zu fühlen.

„Wie ist es eigentlich draußen", sagte Jürgen plötzlich und wies mit dem Kopf auf die Mauer. „Ich habe gehört, dass Sturmflut war, im Radio haben sie es gesagt, aber eigentlich bekommt man kaum etwas davon mit." Jürgen rieb die Hände aneinander und verschränkte dann die Arme. „Bei uns war auch Sturmflut, die Wärter haben es erzählt, aber die Knastmauern sind heil geblieben."

Von Mauer zu Mauer hatte der Platz eine Länge von ungefähr fünfzig Metern. Die Wärter waren beim Gebäude stehengeblieben, rauchten und behielten sie im Blick.

„Manchmal denke ich: Scheiße", sagte Jürgen. „Ich schaue auf diese Tür da vorne oder auf das Kackfenster in unserer Zelle und denke mir: Wie lange noch?"

„Seit wann bist du hier?"

„Keine Ahnung. Ich habe aufgehört, die Tage zu zählen – zwei Jahre vielleicht", sagte Jürgen. „Man knallt durch."

8

Am Wochenende wollte er arbeiten, um einige freie Tage zu erwerben, die er mit einem Buch in der Zelle verbringen wollte.

Bevor er mit dem ersten Karton fertig war, kam der Kalfaktor vorbei und stellte ihm einen neuen hin. Auf dem Notizblock, den er stets bei sich trug, suchte er Karls Nachnamen, der hier nur „Blomst." lautete und machte einen Strich dahinter.

In diesem Moment trat Bartosz in die Werkhalle.

„Blomstedt", sagte er laut und betont förmlich. Er wurde von einem anderen Wärter begleitet, der ihn offenbar anleitete.

Karl wusste, dass er jetzt aufstehen musste und stellte sich vor Bartosz hin.

„Besuch", sagte er.

Karl wusste nicht, was das bedeutete. Er wollte nicht abermals einem Advokaten oder Staatsanwalt Auskunft über den Tod des Vaters erteilen.

„Über die Besuchsregeln sind Sie unterrichtet?"

Karl nickte.

Manchmal, auf dem Weg in die Werkhalle, glaubte er Joachim zu erkennen, wenn er in andere Trakte sah, in denen die Häftlinge lungerten. Einmal, als er Freigang hatte, schien es ihm, als rufe jemand seinen Namen. Er suchte die Fensterreihen ab, konnte aber niemanden sehen.

Bartosz ging hinter Karl, ihn nicht aus dem Blick lassend, und mit ihm war sein Vorarbeiter, der die Szene im Blick behielt, wenn eine Tür verschlossen war und Karl warten musste, bis Bartosz sie öffnete.

Sie führten Karl in einen kleinen Raum nahe der Schleusentür, durch die er in die Jugendstrafanstalt gekommen war. Eine Person saß am Tisch, den Rücken zur Tür gewandt.

Karl sah sofort, dass es Inge war. Sie zu sehen, hier im Knast, versetzte ihn in große Aufregung. Er freute sich, sie zu sehen. Er schämte sich, hier zu sein.

Rasch wandte sie sich ihm zu und schlug die Augen nieder, als sei sie über etwas erschrocken.

Bartosz führte ihn an den Tisch und drückte ihm auf die Schulter, so dass Karl sich setzte. Er schien Inge nicht zu erkennen und verließ den Raum.

Für einen Moment vergaß Karl alles, was um ihn geschah, und griff nach Inges Hand, deren Wärme ein Kontrast zur kalten Tischplatte war.

Der Wärter in der Ecke erhob sich von seinem Stuhl, und Karl ließ die Hand los.

Sofort zog Inge sie zurück und ließ sie am Rand des Tisches liegen.

„Was machst du hier?" Kurz blickte sie ihm in die Augen und dann wieder zur Seite.

„Ich…" Plötzlich wusste er nichts zu sagen.

„Man sagt… du hast deinen Vater…", sagte sie, „ich meine… das kann doch nicht sein."

Karl atmete schwer.

„Ich", sagte er, „Inge, ich weiß es nicht. So oft habe ich das jetzt erzählt." Er stockte. Sein Mund war trocken. „In meinem Kopf geht es immer herum, und ich kann es nicht glauben."

Sie schwiegen.

Er fühlte, dass sie ihn anschaute, bis er aufblickte.

Sie zog etwas aus der Manteltasche und legte es auf den Tisch. Der Wärter sprang auf und lief an den Tisch.

„Das muss ich konfiszieren", sagte er und nahm das Buch.

Verstört sah Inge ihn an. Langsam schüttelte sie den Kopf, und leise sagte sie: „Berühren dürfen wir uns auch nicht."

Karl nickte. Sein Gesicht zitterte, und er schämte sich dafür. Er tat so, als müsse er husten und hielt sich die Hände vors Gesicht. Als er sich gefangen hatte, stand sie an der Tür.

Noch einmal wandte sie sich um, hob die Hand, ehe der Wärter die Tür hinter ihr schloss.

Karl lief an die Tür. Er sagte noch ihren Namen, doch der Wärter hielt ihn zurück.

„Setzen", sagte er.

Wie angewurzelt blieb Karl stehen.

„Blomst.", sagte der Wärter, „Sie haben meiner Anweisung Folge zu leisten, ich werde sie nicht wiederholen."

10

Die folgenden Tage schlief Karl noch schlechter als sonst. Lange lag er wach und hörte Jürgen, der unverständlich nuschelte, sich hin und her warf oder plötzlich wimmerte.

Er arbeitete nachlässiger. Der Vorarbeiter besah sich die Arbeit und sagte, Karl sei zur Arbeit verpflichtet und werde nur bezahlt, wenn er sie ordentlich ausführe.

Für kurze Zeit bemühte sich Karl wieder, doch schien es ihm, als zerspringe etwas, wenn er sich anstrengte, als verliere er die Erinnerung an Inge, die Details ihrer Kleidung – den dicken Wollpullover, einen Parka darüber, derbe Jeans und braune Lederschuhe –, etwas in ihrem fragenden Blick oder einfach nur ihre Gestalt, die im Gegenlicht stand, als er den Besuchsraum betreten hatte.

Nach einer Woche wurde ihm das Buch ausgehändigt. Der Kalfaktor betrat die Zelle kurz vor Einschluss und gab es ihm, eingeschlagen in ein Blatt Papier auf dem stand: „Nr.: 1763/13/6. Blomst. Zelle: 29/01. Hahnöfersand."

Karls Finger zitterten, als er das Buch hervorholte, die sehr zerlesene Ausgabe eines Romans. Der Schutzumschlag war eingerissen, darauf ein schiefer Schriftzug, der aus dem Bild lief mit Titel und Namen des Autors. „Heinrich Böll", las Karl, „Ansichten eines Clowns."

Während er das Buch aufschlug, hörte er, wie die Zellentür verschlossen wurde und Jürgen seine Pritsche aus der Wand klappte. Die Figuren, so schien es ihm, traten aus dem Roman auf ihn zu, er hörte sie, roch sie, erlebte, was ihnen widerfuhr.

Er hatte nur einige Seiten gelesen, da wurde das Licht in der Zelle ausgestellt. Karl stellte sich mit dem Buch ganz nah ans Fenster. Obwohl er die Buchstaben in dem matten Licht kaum sah, schienen sie ihm nah, als ob sie lebten und auf ihn übergingen. Plötzlich fand er es tröstlich, dass er hier war, in dieser Zelle, allein mit dem Buch.

11

In dieser Nacht las Karl das Buch. Die Augen brannten, als er es zur Seite legte, und in seinem Kopf schwirrten Buchstaben und Bilder. Er wusste nicht, wie spät es war. Erst jetzt bemerkte er, dass die Pritsche an die Wand geklappt war. Sie quietschte, als er sie herunterholte und sich darauf legte. Seine Hüfte tat ihm weh, auch der Rücken. Als in der Zelle das Licht anging, wurde er aus einem traumlosen Schlaf gerissen.

Wieder in der Werkhalle, strich Karl über die Plättchen, die er schon abgefeilt hatte und über die, die noch unbearbeitet waren. Er konnte keinen Unterschied erkennen. Sein Arbeitsplatz, auf dem er gestern noch Metallstaub gefühlt hatte, war gefegt worden.

„Blomst.", sagte eine Stimme hinter ihm. „Kommen Sie."

Der Wärter führte ihn durch Flure, die jetzt verlassen waren, von wenigen Zellen abgesehen, in denen Karl jemanden sah, der wegen Krankheit oder aus einem anderen Grund von der Arbeit freigestellt war.

Sie verließen das Gebäude in eine Richtung, die Karl noch nicht kannte, und gingen über den Hof in das Verwaltungsgebäude.

Ein Mann im grauen Anzug trat hervor.

„Blomst.?", sagte er über Karls Kopf hinweg. „Kommen Sie mit."

Der Mann ging voraus, leicht nach vorn gebeugt und mit den hängenden Armen eines alten Menschen. Er schloss eine Bürotür auf, und sie betraten einen kleinen Raum.

„Setzen." Der Mann schaute einen Moment lang von oben auf Karl herab. „Ist er fixiert?"

Die Antwort des Wärters konnte Karl nicht hören.

„Gestatten, dass ich mich vorstelle. Ich bin der Anstaltsleiter", sagte er und fügte mit Nachdruck, „Hasenclever", an.

Karl nickte.

„Blomstedt, ich möchte es kurz machen. Ich habe mit dem Staatsanwalt gesprochen. Wir können keine Anklage gegen Sie erheben." Er blätterte in einer Mappe. „Ihre Zelle wird geräumt. Ihre Mutter ist verständigt." Er schrieb etwas in die Mappe und legte sie auf einen Stapel. Ohne Karl anzusehen, nahm er den Telefonhörer zur Hand, drehte an der Wählscheibe und sagte: „Vorgang abschließen."

Der Wärter ging an die Tür und öffnete sie. Karl sah im Vorraum seine Mutter stehen. Angestrengt sah sie aus dem Fenster, und als sie sich zu ihm hindrehte, erschrak sie.

„Karl", sagte sie leise, er konnte es nur auf ihren Lippen sehen. Langsam ging sie auf ihn zu. Als wollte sie ihn umarmen, kam sie dicht heran und blieb vor ihm stehen. Unbeholfen standen sie voreinander, ein paar Mal trafen sich ihre Blicke.

„Frau Blomstedt", sagte Hasenclever jetzt, „setzen Sie sich."

Karl, der stehenblieb, blickte auf den Zettel, den Hasenclever über den Tisch schob. Er zeigte Agnes, wo sie unterschreiben sollte, und als sie zu lesen begann, trommelte er nervös auf den Tisch.

„Das können Sie sich zu Hause alles durchlesen", sagte er, „sie erhalten den Durchschlag."

Unbeholfen unterschrieb Agnes.

Danach wurde Karl abgeführt.

Abermals gingen sie über den Hof. Er hörte nach ihm rufen. Ein Häftling machte sich los und lief über den Platz auf ihn zu.

„Karl", brüllte er.

Der Wärter griff an seinen Gummiknüppel, den er im Gürtel trug, und stellte sich zwischen Joachim und Karl. „Stehenbleiben", rief er, „aber sofort." Er erhob den Knüppel und schlug Joachim auf den Kopf.

Joachim blutete. Verdattert sah er auf den Wärter und auf Karl. Er wandte sich nach den Wärtern um, vor denen er weggelaufen war.

„Ich wollte...", sagte er, doch der Wärter schlug ihm in den Rücken.

Langsam ging Joachim zu Boden.

„Kommen Sie", sagte der Wärter, als die anderen bei Joachim angelangt waren, und schubste ihn vor sich her.

12

In einem Seitenraum des Torhauses wurde er einem anderen Wärter übergeben, der die Dinge, die Karl bei sich hatte, auf dem Tisch ausbreitete. Karls Herz klopfte so stark, dass er an nichts denken konnte als an Joachim.

Ein Kalfaktor trat hinzu und trug alles in eine Liste ein. Mit zittrigen Fingern setzte Karl seine Unterschrift dazu. Danach zog er sich aus und streifte die eigenen Kleider über. Sie rochen nach Kernseife und frisch gestärkt.

„Wollen Sie sich kämmen?", fragte der Kalfaktor, gab ihm einen Kamm und wies auf einen Spiegel an der Wand.

Karl kämmte sich so, wie Heinrich es immer getan hatte, zuerst alle Haare nach vorn und anschließend quer über den Kopf. Dann nahm er seine Sachen und trat an die Tür.

Der Vorplatz wirkte verlassen. Von hier aus konnte Karl auf den Deich sehen. Ein Auto kam langsam auf ihn zu. Ein großer Mann saß am Steuer, daneben eine Frau, Agnes. Der Wagen hielt auf seiner Höhe. Agnes stieg aus. Sie klappte den Sitz nach vorn und sah ihn fragend an. Karl setzte sich auf den Rücksitz.

Oke war merkwürdig reserviert, als er sie in Richtung Wilhelmsburg brachte. Manchmal wandte Agnes sich zu Karl um, fragte oder erklärte etwas:

„Warum hast du nicht geschrieben?", fragte sie. Und setzte gleich nach: „Ich habe Herrn Hattenhorst bei den

Aufräumarbeiten getroffen", mit dem Kopf in Okes Richtung weisend. „Er ist so freundlich, uns zu helfen." Karl wusste nicht, was er sagen sollte, und schaute aus dem Fenster auf eine Landschaft, die zwar vom Sturm zerzaust, nicht aber überschwemmt war.

„Eine Karte hätte genügt." Dann verstummte Agnes und sah geradeaus auf die Straße, die parallel zu einem Waldstück verlief.

„Ich hätte dich gar nicht holen können ohne ihn", fügte sie hinzu.

Beschwichtigend klopfte Oke mit der Hand auf ihren Schenkel, zog sie sofort wieder zurück und sagte: „Lassen Sie es gut sein, Agnes. Der Junge ist ohnehin schon durch den Wind, nach allem, was passiert ist."

Danach blieb es länger ruhig.

„Cranz", sagte Oke plötzlich. „Neuenfelde. Die Flut hat hier alles weggerissen." Er blickte aus dem Fenster über Felder, Weiden und Knicke. Zu Eis gefroren stand das Wasser in den Wiesen. Eine dünne Schneeschicht, vom Wind teilweise abgeschliffen, lag darauf.

Oke machte eine ausholende Geste. „Deswegen fahre ich hier. An der Elbe ist die Straße weg."

Karl schaute von hinten auf die Mutter, auf ihren schmalen Nacken, der zu Okes gewaltigem Rücken einen merkwürdigen Kontrast bildete.

Sie näherten sich wieder der Elbe. Manchmal zeigte Oke auf Häuser und Straßenzüge, machte Erklärungen und bezifferte die Höhe der Schäden. Karl fiel es schwer, sich zu orientieren. Einmal wies Oke auf ein Backsteingebäude am Deich. Montag sei er wieder dort, arbeite dort, „Hafendeputation. Wir haben einiges zu tun."

Oke versuchte wie beiläufig zu klingen. Für einen Moment wechselte er einen Blick mit Agnes.

„Wir finden eine Lösung. Bestimmt", sagte Oke und fuhr weiter.

Als sie die alte Harburger Brücke überfuhren, erkannte Karl wieder, wo sie waren.

Dennoch war ihm die Gegend fremd. Denn Häuser waren verwüstet oder an andere Stellen gespült worden. Soldaten sah man und Arbeiter, die aufräumten.

Oft war die Straße unterspült oder weggerissen, standen Autos verbeult und schief in den Mulden. Auf der Höhe des Hochbunkers bog Oke von der Hauptstraße ab.

Er setzte sie vor der Kogge ab, stellte den Motor aus und blieb sitzen. Schließlich wandte er sich Karl zu.

„Ich weiß nicht, was du angestellt hast, dort in der Halle, Karl", und räusperte sich. „Deine Mutter, sie will, dass du eine Arbeit findest, weil ihr euch sonst die Wohnung nicht leisten könnt. Ich arbeite für den Hafen." Er sah zur Seite und griff sich unter die Jacke. „Vielleicht kannst du bei uns anfangen. Tageweise, erstmal, für ein paar Handgriffe."

Agnes nickte Oke zu. Umständlich verabschiedete sie sich von ihm und stieg aus.

Oke zog ein Buch hervor. „Weil du so gerne liest", sagte er.

Karl nahm das Buch. Es war in Leinen gebunden, und auf dem Einband die Zeichnung eines Schiffs und verschiedene Symbole. „Schiffbau Schifffahrt."

Er bedankte sich.

„Wir müssen oft Bücher lesen, bei der Arbeit", sagte Oke, „so bleiben wir auf dem Laufenden."

„Kennen Sie Heinrich Böll?", fragte Karl.

Oke starrte in die Luft.

„Nein", sagte er, „der ist mir nicht bekannt." Er kratzte sich am Kinn. „Arbeitet er bei uns?"

„Ich weiß nicht", sagte Karl. Er hielt das Buch in die Höhe. Dann schob er es unter die Jacke, klappte den Sitz um und kletterte aus dem Wagen.

XVI

1

Die Flut hatte Menschen, Autos, Tiere und ganze Häuser weggespült und schloss sie, wo das Wasser noch nicht abgeflossen war, im Eis ein.

Agnes war in einer Langsamkeit gefangen, die sie zwar alles um sie herum wahrnehmen, nicht aber eingreifen ließ. Die Veränderungen der Natur waren kaum abzuschätzen. Allmählich wurde es wärmer, und das Eis taute zu zähem Schlamm. Arbeiter kamen in die Stadt, verteilten Schaufeln an die Männer, die den Schlamm wegschippten.

Die vom Wasser geschluckten Gegenstände kamen zum Vorschein, die Toten konnten geborgen und auf die andere Elbseite gebracht werden. Man hatte, wie Hinrichsen erzählte, eine Eislaufbahn gesperrt. Auf der glatten Eisfläche, wo sonst Schlittschuhläufer ihre Bahnen zogen, in Planten un Blomen, lagen nun die Opfer der Flut aufgereiht.

Agnes stand am Fenster der Kogge und schaute hinaus. Am Ende der Straße lag ein Bus auf die Seite gekippt.

Mehr aus Gewohnheit nahm sich Agnes eine Zigarette und steckte sie sich an. Sie griff nach dem Sturmfeuerzeug, schaute es an. Dann begannen ihr plötzlich Kinn, Mundwinkel und die Zigarette zu zittern. Sie hielt sich am Tresen fest und kämpfte dagegen an.

Novotny stand in der Küchentür. Als sie ihn anschaute, wich er ihrem Blick aus.

Fiete stellte sich an die Theke und erzählte, was die Keller jetzt alles freigaben. Zuerst waren Taucher gekommen und hatten die Toten aus den Häusern geborgen. Viele waren im Schlaf überrascht worden, in die Keller gespült, wo es kein Entrinnen gab. Auch nicht für die in den Ställen angebundenen Tiere.

„Die da losmachen", sagte Fiete, „ist etwas, das will ich nicht machen." Er wischte sich über die Augen.

„Hast du mehr Mitleid mit Kühen und Schweinen als mit den Leuten?", fragte Novotny über Agnes' Kopf hinweg.

Dann sagte Jens in die Stille hinein, dass das Schlimmste die Schaulustigen seien.

„Die kommen aus Blankenese oder Eimsbüttel und gaffen nur, während wir die Toten herausholen. Die sind noch schlimmer als die Plünderer. Vielleicht sind es auch dieselben."

„Alles dasselbe Gesocks", sagte Fiete.

Novotny gab ein tiefes Brummen von sich, das Agnes als Zustimmung nahm.

Hinrichsen war es, der, was er über Karl in Erfahrung brachte, an Agnes weitertrug. Dass er in Hahnöfersand wäre, ein unauffälliger Häftling, und in der Produktionshalle arbeite. Dass er Inge geschrieben hätte, einem Mädchen aus Wilhelmsburg, einen kurzen Brief, und dass Inge ihm ein Buch mitgebracht hätte, einen Roman.

„Ach", sagte Agnes, „Karl und die Bücher", und stellte Hinrichsen ein Bier hin. Sie hoffte, die Anstalt und die Arbeit dort brächten ihn auf andere Ideen.

„Der Staatsanwalt", teilte ihr Hinrichsen mit und bedankte sich mit einem kurzen Nicken für das Bier, „er
kann keine Anklage erheben. Joachim hat sich selbst
belastet, der andere Junge, und damit bestätigt, was
Karl mir gegenüber ausgesagt hat."

„Lässt er ihn frei, der Staatsanwalt?", mischte sich Oke
ein.

„Ende der Woche kommt er frei," sagte Hinrichsen.
Eine Mischung aus Freude und Angst stieg in Agnes
hoch. Den Jungen wollte sie im Arm haben, und gleich-
zeitig fragte sie sich, wie sie mit ihm wohnen würde,
ohne Heinrich.

„Es wird gut sein, wenn der Junge freikommt", sagte
Oke mit fester Stimme. Seit der Flut war er häufig in
der Kogge.

„Der kommt wieder auf den Damm. Wir holen ihn ab."

2

Wenige Tage später war sie mit Oke nach Hahnöfersand gefahren, auf die Gefängnisinsel bei Finkenwerder.
Seit er aus der Haftanstalt zurück war, war Karl un-
ruhiger als vorher. Er wollte seine Zeit nützen. Wenn
Agnes spät nachts nach Hause kam, sah sie unter dem
Wandschrank immer noch einen schmalen Spalt Licht.
Die Bücher holte sich Karl aus den Hochwasserhäu-
sern. Wenn sie die Besitzer achtlos an die Straße stellten
und die Blätter nicht zu feucht waren, nahm Karl sie
mit. Er trocknete sie über dem Ofen oder auf dem Tro-
ckenboden und las eins nach dem anderen.

In der Kogge waren nur wenige Gäste, als Karl eines Nachmittags eintrat. Agnes hoffte, dass er bald auf Okes Angebot zurückkommen würde.

Er trug etwas Verschlammtes, Ramponiertes und hielt es hoch. Brackwasser tropfte auf die Dielen, und alle konnten es sehen: sein Rad. Immer wieder sagte er, dass das sein Fahrrad sei.

„Hör mal", sagte Novotny, „das geht so nicht. Du verdreckst uns hier alles mit dem Schrott da."

Agnes schob sich zwischen die beiden und drängte den Jungen nach draußen, strich ihm dabei über die Wange und sagte: „Wie schön." Sie bemühte sich, fröhlich zu klingen. Ohne das Fahrrad anzusehen, fügte sie hinzu: „Wir können es reparieren, bestimmt. Wir werden alles reparieren."

3

Einige Passanten hatten ihre Füße mit Plastiktüten umwickelt, da die Flut Löcher in die Straße gegraben hatte, in denen das Wasser stand.

An der Straßenseite türmte sich Sperrmüll, Sachen, die die Leute aus den Wohnungen geschafft hatten. Früher war Karl über die Sperrmüllhaufen geklettert und hatte hervorgezogen, was brauchbar war. Doch jetzt war alles eine schlammige, unkenntliche Masse geworden.

Ratten flitzten hervor. Karl legte sein Fahrrad darauf, und es schien ihm, als fühlte er nichts. Schnell und ohne zurückzuschauen ging er die Straße hinunter.

An einer Kreuzung blieb er vor einem Geschäft stehen, das von der Flut verschont wurde. Eine lange Schlange hatte sich gebildet. Er hielt es für einen Lebensmittelladen. Doch dann fiel ihm auf, dass die Menschen mit Habseligkeiten bepackt waren.

„Leihhaus Lehner", las Karl auf dem Ladenschild.

Plötzlich sah er sie. Inge stand am Schaufenster und schaute heraus. Jetzt erblickte sie ihn. Er winkte ihr zu, doch schien sie ihn nicht zu sehen, machte einen Schritt zurück.

„Stellst du dich an, Junge, oder nicht?", fragte jemand hinter ihm und schob ihn beiseite.

Langsam ging er weiter, vorbei an Geschäften mit eingedrückten Schaufensterscheiben, deren Inneres wie leergefegt war.

Ein Mädchen fuhr auf einem Roller vorbei. Karl sah ihr nach und bemerkte einen Lastwagen der Bundeswehr am Ende des Straßenzugs.

Eine lange Schlange hatte sich auch dort gebildet. Es hatte etwas Eingeübtes, wie die Menschen standen, als hätten sie sich an die Lage gewöhnt. Dann setzte sich einer nach dem anderen auf den Kantstein und löffelte die Suppe in sich hinein.

„Willst du auch einen Klacks?", fragte der Soldat, als Karl an der Reihe war.

Karl zog den Henkelmann hervor. Er hatte das Kochgeschirr aus Gewohnheit dabei und reichte es dem Soldaten.

Der Soldat füllte Suppe ein.

„Ich komme gleich nochmal", sagte Karl.

Der Soldat nickte und gab ihm eine Scheibe Brot.

Obwohl es alt war, schmeckte es. Als er die Suppe ausgelöffelt hatte, stellte sich Karl ein zweites Mal an und schob sich den Henkelmann dann unter die Jacke. Er musste an den Vater denken, wie er ihm den Henkelmann brachte, während der Sturm einsetzte, und wie er zu Oke ins Auto stieg. Dachte an den Rückweg aus dem Hafen, die Mutter an der Tür. In der Nacht war das Wasser gekommen. Wie viele gestorben waren. Er dachte an das Sterben des Vaters in dem kleinen Boot, und blieb plötzlich stehen. Eine Hitze, ein Schmerz war zu spüren. Er fasste nach dem Kochgeschirr, zerrte es aus der Jacke, dabei fiel es ihm aus der Hand. Sein Hals zog sich ihm zusammen, er begann zu schwitzen.

„Was ist mit dir?", fragte jemand. Er wusste sofort, dass es Inge war und wandte sich von ihr ab.

„Du lehnst da an der Wand, das ist doch nicht normal", sagte sie.

Sie versuchte nach ihm zu fassen. Er drehte sich weg. Sie umarmte ihn von hinten, sodass er ihr Gesicht und ihre Arme fühlte. Sie sprach in seinen Rücken hinein. Er verstand kaum. Erst allmählich merkte er, dass ihre Worte in ein stilles Schluchzen übergegangen waren.

Er drehte sich um und legte erst einen Arm um ihre Schulter, dann den anderen. In dieser Umarmung fand er Halt. Er presste seine Wange auf ihren Scheitel, der regenfeucht war. Allmählich löste sich seine Verkrampfung. Sie legte die Unterarme an seine Brust, drückte ihn leicht nach hinten und sah ihn dann lange an.

„Was ist?", fragte er.

„So fest hat mich noch keiner umarmt."

Er versuchte eine Entschuldigung.

Sie küsste ihm die Wange, sah ihn wieder an, und dann küsste sie seinen Mund.

Im ersten Moment waren ihre Lippen kühl, dann wurden sie weicher. Er presste seine Wange an ihre und fühlte die Wärme zwischen Hals und Schulter.

„Lass uns weitergehen, die Leute gucken schon", sagte sie.

Inge löste sich aus seiner Umarmung, hob den Henkelmann auf. Und fragte über die Schulter zurück: „Kommst du?"

4

Agnes stockte der Atem. Heinrich! Konnte das sein? Doch dann sah sie, dass das Haar des Mannes, der die Kogge betrat, zu lang und das Gesicht unrasiert war. Es war Dirk, dem sie einige von Heinrichs Sachen gegeben hatte, als sie vom Leihhaus kam. Sie hatte es nicht über sich gebracht, die Sachen zu flicken.

Der Pfandleiher klemmte die Lupe ans Auge, besah die Nähte, den Stoff und die Stellen, die sie früher einmal ausgebessert hatte. Einige wenige Kleidungsstücke legte er beiseite und erklärte, dass er beschädigte Kleider nicht annehme.

„Geben Sie die Sachen jemandem, der sie nötiger hat als ich", sagte er.

Sie steckte die paar Markstücke ein, die sie für die besseren Kleider bekam. Die restlichen Sachen schnürte sie zu einem Bündel.

Agnes verließ den Laden und ging nach Hause, trennte

manche Kleidungsstücke auf, zerschnitt sie in große Flicken, um damit andere Kleider auszubessern. Sie überlegte, wer sie gebrauchen könnte. Karl würden sie nicht passen. Sie dachte an Novotny, an Fiete und zuletzt an Dirk. An ihm sahen die Kleider anders aus als an Heinrich, dachte sie, und dieser Gedanke beruhigte sie.

„Sie haben Henri gefunden", sagte Dirk leise. Er stellte sich vor einen Barhocker und versuchte sich auf ihn sacken zu lassen, doch der Hocker fiel um.

5

Inge ging voraus. Er traute sich ihre Hand nicht zu greifen und wusste nicht, wohin sie ihn führte. Aus der Fährstraße bogen sie in den Rotenhäuser Damm ein. Einfamilienhäuser reihten sich aneinander, deren Backsteine anderthalb Meter hoch von Schlamm bedeckt waren. Mit dem Fahrrad war er hier oft entlanggefahren. Er hatte die Vorgärten gesehen und sich gefragt, welche Leute hier wohnen mochten. Die Vorgärten hatte die Flut mitgenommen, von wenigen Zaunteilen abgesehen, die jetzt bizarre Gebilde waren.

Dann bog Inge in einen Garten ein und ging die Stufen hinauf zur Haustür. Sie zog einen Schlüsselbund hervor und schloss mehrere Schlösser auf, bevor sie die Tür öffnete. Als sie schon halb im Haus stand, wandte sie sich um.

„Kommst du?"

Karls Herz schlug bis in die Schläfen, er machte einen Schritt zurück.

Sie kam die Stufen wieder herunter. Wortlos nahm sie seine Hand und zog ihn hinter sich ins Innere des Hauses.

Es schien unversehrt, aber nicht nur deshalb wirkte es ungewohnt für ihn. Noch nie hatte Karl ein Haus betreten, in dem eine Familie allein lebte. Dieses Haus war über und über mit Dingen angefüllt. Mit Schmuckstücken, Büchern, Flaschenschiffen, Zinnsoldaten und mit der Figur eines Wasserträgers.

„Was sind das alles für Sachen?"

„Ist doch nicht wichtig", sagte sie.

Zögernd ging er an ein Regal. Eine mehrbändige Ausgabe, Karl May, er erkannte sie sofort, Jack London, „Abenteurer des Schienenstrangs", und da war es: „König Alkohol." Aus der Bücherhalle hatte er es nie leihen dürfen, nicht jugendfrei, hieß es. Er blätterte darin. Dann erschrak er und wandte sich um.

„Was hast du?", fragte Inge.

„Ach, ich sollte nicht einfach so an die Sachen ran."

„Du kannst es haben", sagte Inge. „Mein Vater kriegt nicht mit, wenn eines fehlt." Damit nahm sie ihn bei der Hand und zog ihn hinter sich her.

Sie gingen über eine enge Treppe ins obere Stockwerk und von dort knarrende Stufen hinauf bis unter das Dach. Hier war eine kleine Kammer, mit Regal, Bett und Schreibtisch. Auch diese Kammer war angefüllt mit Dingen. Doch hier waren es Funkanlagen, wie er sie in der Kogge gesehen hatte, als Inge um Hilfe gefunkt und er ihr geholfen hatte.

Inge hatte ihre Jacke ausgezogen, ihm seinen Regenparka von den Schultern gestreift, und jetzt saßen sie auf ihrem Bett, das sich weich anfühlte.

„Ich habe Hunger, und du?"

Er zog den Henkelmann hervor, sie öffnete ihn. Karl kramte in seinen Taschen nach dem Löffel, und als er ihn ihr reichte, sah er, dass er verbogen war.

6

Hinrichsen hatte Agnes eine Nachricht zukommen lassen, mit der Aufforderung, die Toten zu identifizieren. Novotny und sie würden viele Leichen erkennen, das wusste sie, da viele Stammgäste seit der Flut ausgeblieben waren. Auch Dirk hatte die Aufforderung erhalten.

Agnes besah sich den Zettel. Hinrichsen hatte handschriftlich ein Datum dazugeschrieben.

Ein Peterwagen parkte vor der Kogge. Hinrichsen stieg aus, zog die Uniform straff. Kaum je hatte Agnes ihn so gesehen, seine Uniform war frisch gewaschen und gebügelt. „Es ist soweit", sagte er.

Agnes zapfte einigen Gästen noch Bier, kassierte ab. Sie folgten ihr mit den Biergläsern nach draußen.

„Was habt ihr denn ausgefressen, dass euch der Peterwagen mitnimmt?", fragte Fiete, während Agnes die Kogge zusperrte.

„Planten un Blomen", sagte sie nur.

Fiete nickte, nahm einen Schluck aus seinem Glas.

Novotny saß bereits auf dem Beifahrersitz und hielt die Krücken zwischen den Beinen.

Hinrichsen hatte den Fahrersitz nach vorn geklappt, und Agnes kletterte nach hinten, neben Dirk.

Dirk starrte aus dem Fenster, während das Polizeiauto durch Wilhelmsburg fuhr.

Als Hinrichsen in die Harburger Chaussee bog, sah Agnes den Deich, von dem die Flutwelle gut dreißig Meter mitgenommen hatte. Vereinzelte Schuppen standen noch. Von hier konnte sie direkt über das Hafenbecken blicken und auf eine Gangway, die einmal zu einem Schiff gehört haben musste und jetzt in die Luft ragte.

Die Straße war uneben, sodass das Auto nur sehr langsam vorankam.

Die Elbbrücken ließen sich wieder befahren. Am Rand war die Zufahrtsstraße teilweise weggespült. Ein Verkehrspolizist wies den einzigen Weg, der auf die Brücke führte.

Manche Kaianlagen schienen auf den ersten Blick heil geblieben, andere waren weg. Ab und an sah man Schiffe und Boote übereinandergespült und an Land geschwemmt. Beschädigt oder gänzlich zertrümmert lagen sie auf der Seite, als habe sie jemand zur Reparatur gebracht.

Auf einem dieser Schiffe hatte Heinrich gearbeitet, war er mit dem Jungen gewesen. Sie bekam Gänsehaut auf dem Rücken, schob den Gedanken beiseite und blickte in die andere Richtung.

Erst jetzt bemerkte sie, dass Dirk sie anstarrte. Wie lange hatte er sie schon so fixiert? Sie versuchte ein Lächeln, doch er schüttelte den Kopf und blickte auf seine Hände, die ineinander verkrallt waren.

7

Fast gierig löffelte Inge Suppe in sich hinein, hielt dann inne und reichte Karl den Löffel.

Er wusste, wie ein Henkelmann auszukratzen war, und während er das tat, stand Inge auf und holte Decken. Eine legte sie um seine Schultern, nahm ihm das Kochgeschirr aus der Hand und setzte sich so dicht neben ihn, wie er noch keinem Mädchen gewesen war.

Von so nah sah er ihr Gesicht nur verschwommen, und als sie sich küssten, schloss er die Augen.

Er war aufgeregt, als er die Decke auch um sie legte und dabei ihren Rücken streichelte. Plötzlich fühlte er ihre Zunge in seinem Mund. Sie fühlte sich warm an, biegsam und geschmeidig. Mit dem Arm drückte er sie an sich und fuhr mit der freien Hand über ihren Körper, über Rücken, Schultern, Bauch. Erst nach einiger Zeit wagte er über die Brüste zu streichen, die weich waren und fest zugleich. Plötzlich schob sie ihn von sich.

„Ich glaube, es ist Zeit für dich zu gehen", sagte sie.

Einen Moment blieb er verlegen sitzen, nickte dann, stand langsam auf und suchte das Kochgeschirr zusammen. Als er die Treppe hinunterging, kam sie nach, und an der Haustür küsste sie ihn.

8

Dunkel erinnerte sich Agnes an einen Rosengarten, an Spaziergänger, die herausgeputzt und in den besten Sonntagskleidern durch den Park flanierten. Zuhause hatte man ehrfürchtig von Planten un Blomen gesprochen, dem Park. Einmal war sie dort gewesen, noch vor dem Krieg. Mit der Straßenbahn waren sie von Wilhelmsburg bis zum Gänsemarkt gefahren und von dort zu Fuß gegangen.

Sie versuchte sich vorzustellen, an welcher Stelle die Eisbahn war, jene glatte Fläche in der hügeligen Landschaft, zwischen den Sträuchern, auf der die Menschen elegante Bögen ins Eis zeichneten und auf der jetzt die Toten aufgereiht lagen.

Paul Hinrichsen fuhr auf den neuen Wall und an der Parkumzäunung entlang. An einem Tor bog er in den Park ein, hielt bei einem Polizisten an und kurbelte das Fenster hinunter. Der Polizist kam an den Wagen, beugte sich und schaute ins Innere. Sein Blick wanderte von Novotnys Krücken zum unrasierten Dirk, auf dessen geflickte Kleidung und dann hinüber zu Agnes. Er sah ihr kurz in die Augen und sagte: „Wen bringen Sie uns denn hier?"

Hinrichsen zog eine Mappe hervor, er wollte etwas erklären.

„Sind diese Leute aus Wilhelmsburg?"

Hinrichsen nickte. „Wir sind alle aus Wilhelmsburg."

Der Polizist machte einen Schritt zurück und wies ihnen die Richtung. Die Wege waren schmal, an den Rändern sah Agnes Reifenspuren im vereisten Schnee.

Erst als sie ausgestiegen waren, konnte man von einer Brüstung aus die Eisfläche sehen. Ein langes Steilwandzelt war aufgestellt worden.

Sie gingen hinunter zum Zelt, vor dem ebenfalls einige

Polizisten standen. Manche hatten die Mantelkrägen hochgeschlagen, die Hände tief in die Taschen geschoben und sprachen leise miteinander. In der kalten Luft sah man ihren Atem.

Als sie Hinrichsen erblickten, nickten sie ihm zu. Ein Polizist klemmte seine Zigarette zwischen die Lippen, machte einen Schritt auf Hinrichsen zu und gab ihm die Hand. Er ging voraus, öffnete das Zelt, und über Hinrichsens Schulter konnte Agnes hineinsehen. Ihr stockte der Atem. Sie fühlte eine Enge und ein Würgen im Hals. Aus dem Inneren trat ein Mann auf sie zu. „Sind Sie Frau Blomstedt?", fragte er. Er trug einen dunklen Wintermantel.

Sie nickte und gab ihm die Hand.

„Jansen", sagte er und führte sie weiter.

Die Leiber lagen nebeneinander, große, kleine, dünne, dicke, manchmal verdreht und immer wieder mit langen Planen abgedeckt, aus denen Gliedmaßen ragten.

Aus der Innentasche des Mantels zog Jansen eine Liste, die er langsam mit dem Finger abfuhr. Namen waren darauf zu sehen und Nummern.

„Wir haben eine Voridentifizierung vorgenommen."

Agnes nickte.

„Ich zeige Ihnen Personen, die Sie kennen sollten", sagte Jansen. „Bitte nennen sie die Namen." Er räusperte sich und sah sie abwartend an.

Dann wandte er sich um und ging voraus.

Sie schritten die Reihen ab. Agnes hatte Angst, genauer hinzusehen. Einer dieser toten Körper war Heinrich, ihr Mann.

Jansen blieb stehen und sah sie fragend an.

Sie machte eine unbestimmte Geste.

Er beugte sich hinunter und hob die Plane, sodass das Gesicht des Toten zu sehen war.

„Ich", sagte sie und stockte. „Ich … das ist … ich kenne ihn flüchtig. Manchmal war er …"

„Wir brauchen nur den Namen", sagte Jansen.

„Smutje", sagte sie, „wir nannten ihn so … Einen anderen Namen weiß ich nicht."

Jansen notierte etwas auf einen Zettel und ging weiter.

Immer wieder blieb er stehen, hob die Plane, und sie nannte Namen, die Erinnerungen kamen wieder, an lange Abende mit denen, die jetzt hier lagen. Mit Doppelkopf und Bier, mit Hits aus der Musikbox und Korn. Sie begann zu zittern, der Mund wurde ihr trocken, die Füße schwer.

Sie blieben wieder stehen, und als Jansen die Plane anhob, verschlug es ihr den Atem.

Die Tränen liefen nur so über die Wangen.

Erschrocken ließ Jansen die Plane wieder sinken, dann drehte er sich zu Agnes. „Ist das", sagte er, „ist das möglich? Ihr … Jetzt …" Er stockte.

„Henri", sagte sie.

Langsam nickte Jansen. Doch dann fragte er wieder. „Wer?"

„Henri", sagte sie noch einmal.

Er schaute auf die Liste. „Kannten Sie sich näher?"

„Man kennt sich, irgendwann", sagte sie.

Sie gingen zurück, jetzt sah sie auch andere Menschen, die die Reihen abschritten. Sollte sie bitten, ihn noch einmal zu sehen? Lange zögerte sie, und als sie am Zeltausgang ankamen, standen sie sich wortlos gegenüber. Jansen mied den Blickkontakt.

„Herr Jansen", sagte sie schließlich, und als sie es aussprach, wurde ihr schwindlig.

„Frau Blomstedt, was ist?"

„Ich möchte...", sie zögerte. „Es ist nur... Lassen Sie mich zu meinem Mann."

9

Es war dunkel, als Karl den Rotenhäuser Damm und die Fährstraße entlangging. Er war von starken Gefühlen erfüllt – von Aufregung, Glück, Angst. Egal, woran er dachte, stets schob sich Inge dazwischen, ihr weiches Haar, ihr Körper, ihre Lippen.

Der Löffel, den er ins Kochgeschirr gesteckt hatte, klöterte, und obwohl er die Suppe für seine Mutter geholt hatte, war er glücklich über diesen Klang.

Es war immer noch kalt, und er hörte seine Schritte nachhallen. Ihm gefiel der Gedanke, dass er immer so weitergehen könnte, bis ans Ende von Hamburg und darüber hinaus.

Plötzlich trat ihm eine Gestalt entgegen.

„Karl", sagte die Stimme, „Blomstedt, bist du es?"

Es war die Stimme einer Frau.

„Wie geht es meinem Jungen? Hast du ihn gesehen?"

Karl schüttelte den Kopf. „Einmal, kurz", sagte er, „aber die Wärter wollten es nicht." Er sah Joachims Mutter an, ohne viel erkennen zu können.

Die Frau machte eine abwehrende Geste. „Ich wollte dich nicht belasten, damit."

Sie wandte sich ab, zögerte dann kurz.

„Es tut mir leid, was er mit deinem Vater gemacht hat." Damit lief sie über die Straße. Karl versuchte ihr hinterherzurufen, und doch war ihm, als würden seine Worte nicht reichen an das, was in ihm vorging.

Er verließ die Fährstraße und stieg auf den Deich. Hier oben war der Wind stärker und kälter. In der Ferne sah er vereinzelt Lichter, sie tanzten, spiegelten sich im Wasser der Hafenbecken. Zu seinen Füßen lagen längliche Pakete auf dem Deich, Sandsäcke, gesplittertes Holz und Schrott.

Er schaute nach Wilhelmsburg hinüber. Wie tot es dalag.

10

Mit dem einen Arm hielt Jansen das Klemmbrett vor sich, der andere hing herunter, bewegte sich leicht, als zähle er die Toten ab, deren Nummern an den Füßen zu sehen waren.

Sie blieben stehen. Der Mann hob das dünne Tuch vom Gesicht, und als es offen dalag, schaute Agnes flüchtig hin. Sah Mund, Nase, Wangen, die eingefallen waren, und die Falten auf der Stirn.

Dann nickte sie. Sie wandte sich zum Gehen, als hinter ihr Jansen sagte: „Hier sind noch ein paar Sachen."

Er gab ihr ein Bündel, das in Seidenpapier eingeschlagen war.

Erst jetzt begriff sie, dass man Heinrich ausgezogen haben musste und er nur ein Totenhemd trug. Darüber

ein dünnes Tuch, das an den Seiten zu einem Sack verschlossen werden konnte.

Sie fragte sich, weshalb sie diese Details interessierten.

Als sie das Zelt verließ, schneite es zarte Flocken.

11

Während Karl in Richtung der Kogge ging, fragte er
sich, was die Mutter sagen würde, weil er viel später als
erwartet kam.

Doch als er davorstand, waren die Türen verschlossen.

Aus dem Dunkel kam ein Mann auf ihn zu. Erst als er
vor ihm stand, erkannte Karl Fiete. Er hatte ein leeres
Bierglas bei sich.

„Sie sind alle weg", sagte er.

„Was machst du hier?", fragte Karl.

„Das konnte ich mir mitnehmen. Jetzt habe ich nichts
mehr." Fiete schaute ihn an.

„War die Mutter schon zu Hause?", fragte sich
Karl. „War es noch später als gedacht?" Während er
überlegte, näherte sich ein Peterwagen.

Am Steuer saß Hinrichsen und im Wagen mehrere
Leute.

Der Polizist stieg aus, klappte seinen Sitz nach vorn und
ging um das Auto herum. Auf dem Beifahrersitz saß
Novotny, Hinrichsen half ihm aus dem Wagen.

Die Mutter, die auch aus dem Auto gestiegen war, sah
müde aus, gealtert. Sie schaute Karl von unten her an,
strich ihm durchs Haar und über die Wange, dann legte

sie ihren Kopf an seine Brust. Ihr Körper zitterte, während er sie festhielt. Er vermochte sich nicht vorzustellen, woher sie kamen.

Novotny, der die Kogge inzwischen aufgesperrt hatte und darin verschwunden war, kam mit einer Schnapsflasche und mit Gläsern zurück. Er lehnte sich auf die Krücken und schenkte ein.

„Trink das", sagte er zu Agnes.

Sie schüttete den Schnaps hinunter. Und noch drei hinterher. Dann schüttelte sie sich und stand, als habe sie den Kummer abgeschüttelt, wieder gerade vor Karl und Novotny. Sie gingen hinein.

Karl, der das erste Mal zu so später Zeit hier war, folgte seiner Mutter in die Küche. Ohne nachzudenken, was sie tat, klemmte sie sich eine Zigarette zwischen die Lippen und nahm ein Feuerzeug aus der Ablage über dem Herd. Es war ein Sturmfeuerzeug, und sie musste es einige Male aufschnalzen lassen, bis der Docht Feuer fing.

Dann besah sie sich die Flamme, die darin tanzte, und ohne Laut zu geben, weinte sie.

Karl schluckte, machte einen Schritt auf sie zu und versuchte den Arm um sie zu legen.

Agnes wich zurück und klappte das Feuerzeug zu. Sie sah Karl zuerst an, dann an ihm vorbei und begann zu reden. Die Worte flossen wie Wasser aus ihr. Dass sie mit Hinrichsen in Planten un Blomen gewesen war, die Toten identifiziert habe, Henri, Smutje, sie auch ihn gesehen habe, wie ruhig er dagelegen habe, Heinrich, und wie sie gedacht habe, dass er sich noch bewege, atme, doch bei genauem Hinsehen sei nichts gewesen. Je lebhafter sie sprach, desto ruhiger wurde ihre Stimme.

„Hauptsache, er sitzt jetzt ein", sagte sie schließlich, „der Junge. Er ist doch noch dort, oder?"

Sie blickte Karl in die Augen.

Karl wusste nicht, ob sie ihm eine Mitschuld am Tod Heinrichs gab.

Sie versuchte einen Zug von ihrer Zigarette zu nehmen. Karl griff nach dem Feuerzeug, ließ es aufschnalzen und hielt es ihr hin.

Die Mutter beugte sich und sog an der Zigarette und blickte dabei auf den Boden. Manche Fliesen hatten sich gelöst und lagen locker auf dem Estrich.

Karl hörte verhaltene Geräusche aus dem Gastraum, das Knistern der Zigarette, den Atem der Mutter und wie sich die Küchentür langsam öffnete.

Novotny lehnte in der Tür und schaute sie fragend an. „Was ist? Kommt ihr?"

12

Die Stimmung in der Kogge war gedrückt.

Alle waren da, die sich auch sonst hier trafen. Jens, Dirk, Pauline, Fiete, Novotny, Agnes.

Niemand erwähnte Heinrich oder Henri. Auch die hinzukommenden Gäste fügten sich in die schweigsame Stimmung.

Karl hatte sich die späte Zeit in der Kogge immer anders vorgestellt. Lag es daran, dass Heinrich und Henri fehlten?

Novotny legte den Arm um Karls Schulter und lehnte sich auf ihn. „Ich denke, es ist Zeit, dass du etwas Wichtiges über die Kogge lernst", sagte er zu ihm, doch eigentlich sagte er es in die ganze Runde.

Alle horchten auf. Jens hob die Augenbrauen.

Novotny ging zum Schiffsmodell, das in der Mitte des Raumes hing. Er bemühte sich, es herunterzuholen, und als er es nicht schaffte, blickte er zu dem Jungen hinüber.

Karl kam herbei. Er stellte sich auf die Zehenspitzen, streckte sich und holte die Kogge auf die Theke herunter.

Agnes brachte einige Schnapsgläser, reihte sie nacheinander auf.

„So eine Kogge ist ein Wunderwerk." Novotny lehnte sich auf die Theke und zog das Schiffsmodell an sich heran. „Sie stellt alle zufrieden, wenn ihnen danach ist."

Einige schmunzelten.

Novotny schob das Ruder beiseite. Karl sah nun, was ihm bisher verborgen geblieben war. Im Heck hinter dem Ruder stak ein Korken im Holz. Novotny klemmte sich das Schiff unter den Arm, und hielt es mit dem Heck voraus Karl feierlich entgegen. „Das machst du, mein Junge." Er zwinkerte ihm aufmunternd zu.

Karl griff nach dem Korken.

„Auf, mein Junge", rief Fiete.

Die anderen johlten und lachten, selbst Agnes schien aus ihrer gedrückten Stimmung zu erwachen.

Karl zog am Korken. Es gab ein kleines Geräusch, das im Trubel der Kogge kaum hörbar war, und dann vernahm man den unverkennbaren Geruch von Korn.

Mit Bedacht nahm Novotny die Gläschen, eins nach dem anderen, und goss sie voll. Agnes reichte sie in die Runde.

Dann steckte er den Korken zurück, erhob das Glas und rief: „Hoch die Tassen!"

Alle hoben die Korngläser. Als sie sie ansetzten und dann ruckartig kippten, tat Karl es ihnen gleich.

Bibliografische Information der Deutschen Nationalbibliothek
Die Deutsche Nationalbibliothek verzeichnet die Publikation in der
Deutschen Nationalbibliografie; detaillierte bibliografische Daten
sind im Internet über http://dnb.ddb.de abrufbar.

3. Auflage 2019
© 2019 müry salzmann
Salzburg – Wien
Lektorat: Mona Müry
Gestaltung: Müry Salzmann Verlag
Druck: Theiss, St. Stefan im Lavanttal
ISBN 978-3-99014-188-5
www.muerysalzmann.at

Literatur im Müry Salzmann Verlag

Selten wurde so locker und ungezwungen von der Macht der Sprache erzählt.
Der Tagesspiegel

ISBN 978-3-99014-155-7
176 S., EUR 19,-

Eine prächtige Fibel für jeden, der Sprache liebt und sich an ihr efreut.
hermann

ISBN 978-3-99014-177-9
224 S., EUR 19,-

Ein Roman, der ins Schwarze der abendländischen Seele trifft!

ISBN 978-3-99014-178-6
208 S., EUR 19,-

müry salzmann

Diese Gedankenskizzen sagen viel über Kappachers denkerisches Temperament.
Frankfurter Allgemeine Zeitung

ISBN 978-3-99014-167-0
184 S., EUR 24,-

Was ist erzählerische Wahrheit? Weiß ich doch nicht! Lesen Sie Walter Kappacher!
Paul Ingendaay

ISBN 978-3-99014-073-4
216 S., EUR 19,-

Ein Roman über eines der brennendsten Themen unserer Zeit.

ISBN 978-3-99014-176-2
136 S., EUR 24,-

Literatur im Müry Salzmann Verlag

salzgehalt *erzählt keine Geschichte,*
sondern entfaltet sich als Ereignis
der Sprache.
Der Standard

ISBN 978-3-99014-146-5
88 S., EUR 19,-

Ein Sprachkunstwerk
ersten Ranges
Neue Zürcher Zeitung

ISBN 978-3-99014-093-2
128 S., EUR 19,-

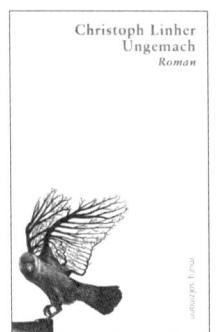

Ein hochliterarisches Buch!
poetenladen.de

ISBN 978-3-99014-156-4
128 S., EUR 19,-

müry salzmann

Helmut Neundlinger vermeidet den Fehler, den viele bei ihrem ersten Roman machen: Er will darin nicht alles zeigen, was er kann und weiß. Ein Vergnügen!
Falter

ISBN 978-3-99014-166-3
128 S., EUR 19,-

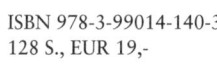

Christina Maria Landerl ist eine junge Meisterin der Zurückhaltung.
Literatur und Kritik

ISBN 978-3-99014-140-3
128 S., EUR 19,-

Eine Wucht!
Wolfgang Huber-Lang, APA

ISBN 978-3-99014-129-8
288 S., EUR 24,-

www.muerysalzmann.at